ゆうかんな猫《ねこ》ミランダ

エレナー・エスティス 作
エドワード・アーディゾーニ 絵
津森優子 訳

岩波書店

ルースに

MIRANDA THE GREAT

Text by Eleanor Estes
Illustrations by Edward Ardizzone

First published 1967
by Houghton Mifflin Harcourt Publishing Company, Boston.

This Japanese edition published 2015
by Iwanami Shoten, Publishers, Tokyo
by special arrangement with
Houghton Mifflin Harcourt Publishing Company, Boston
through Tuttle-Mori Agency, Inc., Tokyo.

目次

ゆうかんな猫《ねこ》ミランダ

1　ミランダ

むかしむかし、ローマの街《まち》に、ミランダという名の黄金色《こがねいろ》の猫《ねこ》がすんでいました。ミランダは二歳《さい》半《はん》で、これまでに二度《ど》、子《こ》猫《ねこ》を何《なん》びきも生《う》んでいます。ミランダのいちばんのお気に入りは、はじめに生《う》んだプンカというむすめです。プンカは銀色《ぎんいろ》にひかる灰色《はいいろ》の猫《ねこ》で、いまもミランダといっしょにくらしています。

これまで、ミランダのくらしはおだやかでしあわせでした。ちょうちょやハチや黄《き》色《いろ》い小鳥《ことり》をおいかけたり、庭《にわ》のプールの水《すい》面《めん》にうつるじぶんの姿《すがた》をながめたり、葉《は》っぱから雨のしずくがおちるのをじっとまったり、子猫《こねこ》たちの世話《せわ》をしたりしていました(ミランダはいいおかあさんですからね)。

ミランダは歌《うた》も上手《じょうず》で、こうしてしあわせにくらしながら、よく夜中《よなか》にうたいました。

そして、クラウディアという名前《なまえ》の七歳《さい》の女の子とくらしていました。クラウディアはミランダがちいさな子猫《こねこ》だったころからのつきあいで、ミランダがそだつのをずっと見まもってくれました。ちいさなミランダをひざに抱《だ》いて、大きく丈夫《じょうぶ》になるように、やぎのミルクをひとしずくずつ、のませてくれました。それでミランダはほんとうに大きく丈夫《じょうぶ》になり、ミランダの子猫《こねこ》たちも、みんな大きく丈夫《じょうぶ》になりました。

クラウディアの友《とも》だちはみんな、ミランダとプンカのことを「大猫《おおねこ》」とよんでいて、見ると、「うわあ、おっきい!」とさけびました。プンカはおかあさんのミランダよりずっと年下なのに、おかあさんよりもからだが大きくなっていました。

「こっちがちびちゃんなのよ」クラウディアはいつもこういって、友《とも》だちがとまどうのを見ておもしろがりました。

「ちびですって?」とみんなはいいました。「こっちもおっきいじゃないの!」

クラウディアの一家《いっか》は、ローマのコロッセオ(円形闘技場《えんけいとうぎじょう》)の近《ちか》くにある、黄金色《こがねいろ》の大理《だいり》石《せき》でできたきれいな家《いえ》にすんでいました。クラウディアのおかあさんはラビニアという名《な》前《まえ》で、ときどき竪琴《たてごと》をひきました。ミランダもプンカも、音楽《おんがく》が大好《だいす》きでした。プンカはラビニアのかなでる音をきくと、あおむけに寝《ね》ころがり、うっとりと目をとじて、のどをならします。じぶんで竪琴《たてごと》の弦《げん》をはじいて、音を出したことだってあります。それだけ、音楽《おんがく》の才能《さいのう》があるということですね。それなのに、プンカは歌《うた》がうたえません。口から出る音はたったひとつ、「ワァ!」だけ。鼻《はな》とのどをハチにさされたことがあって、それいらいガラガラ声《ごえ》になってしまって、どうにもうたえないのです。

クラウディアのおとうさんのマルクスは、ローマの大広場《おおひろば》にある元老院《げんろういん》で議員《ぎいん》をしています。議員《ぎいん》になるまえは、軍隊《ぐんたい》の勇《いさ》ましい兵士《へいし》でした。マルクスがりこうなめす犬のザグを見つけたのは、スペインで戦《たたか》ったときのことでした。茶色《ちゃいろ》と白のスパニエル犬《けん》のザグはこのころ、まだちいさな子犬で、バルセロナの乱暴《らんぼう》な猫《ねこ》たちにおそわれて、ぶるぶるふるえていました。マルクスはザグを救《すく》いだし、ふところに入れたままピレネー山脈《さんみゃく》をこえ、いくつもの平野《へいや》をぬけて、はるばるローマのわが家《や》までつれてかえったのです。

そんなわけで、もちろんザグにとっては、命《いのち》の恩人《おんじん》マルクスが世界《せかい》の中心《ちゅうしん》でした。マルクスが議会《ぎかい》に出かけているあいだ、ザグはゆううつそうに庭《にわ》の門《もん》のまえでふせていました。頭《あたま》を大広場《おおひろば》のほうへむけ、口をだらりとあけたまま、マルクスの帰《かえ》りをまつのです。ミランダはときどき、ザグをなぐさめようと、顔《かお》をなめてやりました。やさしくなめてもらうときにうなる声《こえ》が、まるでことばをしゃべっている

ようなので、ザグは「おしゃべり犬《けん》」とよばれていました。ザグは、ほかのだれかが食《た》べているものをねだるときも、しゃべるようになりました。マルクスがようやくもどってくると、帰《かえ》りがおそかったとせめたてます。

マルクスは帰《かえ》ったら上着《うわぎ》をぬぎすて、どしどしと庭《にわ》のプールのまわりを歩《ある》きながら、こうさけびます。「おれは議会《ぎかい》でいっているんだ。『蛮族《ばんぞく》はやってくる』って。『前《まえ》にもいったが、くりかえす。蛮族《ばんぞく》はかならず攻《せ》めてくる。準備《じゅんび》するんだ。はやく征伐《せいばつ》しないと、この街《まち》を、このローマをのっとられるぞ』と。それであいつらは、きく耳をもつかって？　ちっとも！　なにも気にせず、コロッセオにくりだして競技観戦《きょうぎかんせん》だ。あいつらめ！」マルクスはひとしきりさけぶと、きまってプールにとびこんで、水しぶきを思《おも》いきりあげながら泳《およ》ぎます。

そんなときいつも、ミランダとプンカはさっと、花壇《かだん》へかけていきます。水しぶきがかかってしまったといわんばかりに頭《あたま》をふりながら、うるさい男からはなれるのです。でも、ザグはいつも、ご主人《しゅじん》さまをおって水にとびこみ、その顔《かお》やひげをなめようとしたり、いっしょに泳《およ》いだり、ボールあそびをしたりします。

それからうれしそうに、ぶるぶるっと体《からだ》をふって水気《みずけ》をちらし、庭《にわ》の壁《かべ》のそばに寝《ね》そべってひなたぼっこをするのです。その壁《かべ》には、きれいなタイルのモザイクで、こわそうな犬の絵《え》と、「カウェ・カネム」という文字がかかれています。「猛犬《もうけん》に注意《ちゅうい》」という意味《いみ》のこのタイルは、マルクスがじょうだんで庭《にわ》の壁《かべ》につけたものです。なぜなら、ザグはだれにもかみついたことなどないからです。猫《ねこ》を追《お》いかけようとさえしません。そういうことは、ミランダがぜんぶやらなくてはなりませんでした。勇《ゆう》気《き》をもって犬を追《お》いかけ、猫《ねこ》を追《お》いかけ、プンカのめんどうも、ザグのめんどうもみなくてはなりません。

去年《きょねん》の冬《ふゆ》、こんなことがありました。めずらしくひどい吹雪《ふぶき》のあと、ミランダは十六ぴきもの犬を、家《いえ》のまえの道《みち》から追《お》いはらったのです。雪《ゆき》の高《たか》くつもった道《みち》のまんなかに、人や動物《どうぶつ》が通《とお》って平《たい》らな小道《こみち》ができていたのですが、そこを犬のむれがのんきに、小走《こばし》りでやってきたのです。ミランダはいきなり小道《こみち》にとびだして、犬たちを追《お》いはらいました。ミランダのいかにもおそろしげなようすに、どの犬も立ちむかう勇気《ゆうき》がありませんでした。

この事件《じけん》はローマ中《じゅう》の犬たちにとって恥《は》ずかしいできごとでしたし、ミランダにとって

は、かがやかしい武勇伝《ぶゆうでん》のはじまりでした。

「あなたってすごい猫《ねこ》ね」ザグはミランダをあがめるようにいいました。

「それほどでも」ミランダはつつましやかにいいました。

家《いえ》のまえの道《みち》は、ほかの猫《ねこ》も通《とお》ることをゆるされませんでした。ローマの猫《ねこ》なら、もうそのことは身《み》にしみていました。

ところが一ぴきだけ、夜《よる》にやってきた猫《ねこ》がいました。そ

れは、スペインのバルセロナからローマにやってきた、しっぽの折《お》れた、大きいトカゲのようなおそろしい猫《ねこ》でした。バルセロナの家々《いえいえ》の屋《や》根《ね》をなわばりにしていたおす猫《ねこ》ですが、あんまりわがままなので、仲間《なかま》のあらくれ猫《ねこ》たちに追《お》いだされたのです。この猫《ねこ》はじぶんの力でピレネー山脈《さんみゃく》をこえてきました。ザグのように、あたたかい人間《にんげん》のふところに入って抱《だ》きかかえられてきたのではなく、たった一ぴきでローマまでやってきて、夜《よる》にはその旅《たび》のことをうたっていたのです。ときには、ミランダもいっしょにうたいました。その二重唱《にじゅうしょう》は、ミランダのすばらしいオペラのはじまりでした。

それでも、ミランダはこの猫《ねこ》に、家《いえ》のまえの

道《みち》に入ることをゆるしませんでした。家《いえ》のうらの路地《ろじ》のつきあたりにある高《たか》い壁《かべ》までなら
きてもいい、そこでうたいなさいというのです。
どの猫《ねこ》もミランダには一目《いちもく》おいていて、なんでもいうとおりにしました。

2　逃《に》げろ

きょうはプンカの一歳《さい》の誕生日《たんじょうび》です。おいわいに、クラウディアからクリームを一皿《ひとさら》もらってたいらげたあと、ミランダに顔《かお》をなめてもらっています。ミランダはプンカに、そろそろまた子猫《こねこ》が生《う》まれそうだと話《はな》していました。きょうあすにも生《う》まれるかもしれないと。ミランダはしあわせそうにのどをならし、プンカものどをならしました。ミランダが子猫《こねこ》にかかりきりにならず、犬や猫《ねこ》を追《お》いはらうことができるように、プンカもときどき子猫《こねこ》のめんどうをみると約束《やくそく》しました。

庭《にわ》のなかは平和《へいわ》そのものでした。クラウディアは国語《こくご》の宿題《しゅくだい》を石板《せきばん》にかいていました（このころのローマの国語《こくご》はラテン語《ご》です）。ザグは庭《にわ》の門《もん》のまえでふせて、マルクスの帰《かえ》りをまっていました。ラビニアは竪琴《たてごと》をひいていました。ミランダもプンカもごろりとあおむけになり、目をとじて、うっとりと音楽《おんがく》にききいっていました。

とつぜん、ミランダがはらばいになりました。体《からだ》をおこし、耳をそばだて、目をほそめて、空を見あげました。頭《あたま》をよくはたらかせようと、後足《うしろあし》の毛《け》づくろいをはじめました。なめるあいまに、足をぴたっと空中《くうちゅう》にとめたまま、ひだまりの空気をよくかいでみました。すきとおった緑《みどり》の目を見ひらいて、空にむけると、そこには、なにかが見えます……雲《くも》、それとも、けむりでしょうか。

においをもっとよくかごうと、ミランダは目をとじました。なんども鼻《はな》で息《いき》をすいこんで、そのたびに小さくうなずきました。たしかに、けむりのにおいです。

プンカはハチに鼻《はな》をさされたせいで、においがわかりません。いずれにしても、プンカはおかあさんになにもかも教《おし》えてもらうことになれています。あれに気をつけなさい、あの犬が家《いえ》の路地《ろじ》にくるかもしれない、などと教《おし》えてくれるので、プンカはじぶんでなにかを考《かんが》えるということを、ほとんどしません。いまも竪琴《たてごと》のかなでる音に、うっとりときいったままです。

ザグもにおいに気づいていませんでした。バルセロナでいじわるな猫《ねこ》たちにおそわれたせいで、鼻《はな》があまりきかないのです。つまり、一家《いっか》のペットのうち二ひきの鼻《はな》がわるいので、ミランダの鼻《はな》がよくきくのは、さいわいなことでした。

ミランダはザグのそばにいき、けむりのにおいがするといいました。「あなたから、人間《にんげん》たちに伝《つた》えてちょうだい。『アウウウ！　アウウウ！　けむりだ、火事《かじ》だ！』といって」

ザグはかしこい犬でしたが、けむりのにおいをかぎとっていないので、「アウウウ！」という気にはなれませんでした。

それから、クラウディアの目のなかに、灰《はい》がとんできました。クラウディアは石板《せきばん》をおとし、立ちあがってさけびました。「おかあさん、けむりのにおいがするわ」

おかあさんはさっと竪琴《たてごと》をわきにおろしました。「たしかににおうわね、クラウディア」

ちょうどそのとき、マルクスが二輪馬車《にりんばしゃ》をとばして帰《かえ》ってきました。服《ふく》はみだれ、体《からだ》じゆう灰《はい》まみれでした。馬《うま》のハミルカル・バルカはおののき、いななきました。「ヒヒヒーン、ヒヒヒヒーン！」

「おいで！」マルクスはさけびました。「ローマが燃《も》えている。蛮族《ばんぞく》が街《まち》に攻《せ》めこんできたんだ。風《かぜ》が強《つよ》くて、火があちこちに広《ひろ》がっている。さあ、逃《に》げるんだ！　まずおまえたちを別荘《べっそう》につれていってから、おれはローマにもどって火消《ひけ》しと蛮族《ばんぞく》の相手《あいて》をする。いそげ、アッピア街道《かいどう》がまだ通《とお》れるうちに！」

こんなおそろしいことばをさけびながら、マルクスはハミルカル・バルカを二輪馬車《にりんばしゃ》からはずし、みんながのれるくらい大きな荷馬車《にばしゃ》につなぎました。でも、ミランダとプンカがいません。

「のりなさい！」マルクスはいいました。

ところが、クラウディアは大いそぎで二ひきの猫《ねこ》をさがしにもどり、おかあさんもそれにつづきました。「ミランダ、プンカ！」ふたりはさけびました。きつくよんだり、やさしくよんだりしましたが、こたえてくれず、どこにも見あたりません。猫《ねこ》というのは、そういうものです――きてほしいときにはこないで、きてほしくないときにはくるのです。

ザグはもう、御者席《ぎょしゃせき》にすわっていました。犬というのは、そういうものですから――けっしておいていかれないように、かならず前《まえ》の席《せき》にのるのです。

「ミランダ！　プンカ！」クラウディアはよびました。おかあさんはとっておきのメロディで口笛《くちぶえ》をふきました。ミランダはたいてい、その口笛《くちぶえ》をきくと姿《すがた》を見せます。それなのに、あいかわらずなんの返事《へんじ》もありません。

そのとき、おびえたハミルカル・バルカが、またいななきました。「ヒヒヒヒーン！」もうこれ以上《いじょう》、ひきとめておくのは無理《むり》です。「おいで、クラウディア。ラビニア、おいで！」マルクスはさけびました。「さもないと、みんな死《し》んでしまう。ローマにもどったら、猫《ねこ》たちをさがしにくるから」

もうどうしようもありませんでした。けむりは濃《こ》くなっていくばかりです。みんな、せきこんだりあえいだりしています。クラウディアとおかあさんは荷馬車《にばしゃ》にのりこみ、おびえた見知《みし》らぬ人もふたりのり、マルクスがとびのると、ハミルカル・バルカはいなずまのように猛《もう》スピードで走《はし》りだしました。

クラウディアはきれいな黄金色《こがねいろ》の家《いえ》にむかって、両手《りょうて》をのばしました。「ミランダ、プ

ンカ！　いつまた会《あ》える？　どこにかくれて
いるの？」

3　二ひきのゆうかんな猫《ねこ》

つぼのなか――そう、ミランダとプンカがかくれていたのは、つぼのなかだったのです。最初《さいしょ》にハミルカル・バルカが「ヒヒヒーン!」と鳴《な》くのをきくなり、猫《ねこ》たちはいちもくさんにプールのそばのつぼまで走《はし》ってとびこみ、底《そこ》にうずくまったのです。二ひきも入ると底《そこ》はぎゅうぎゅうでしたが、大きなつぼでしたし、前《まえ》にもこうして入ったことがありました。

ともかく、鼻息《はないき》あらくいななき、ガチガチ歯《は》をかみあわせ、ドスドス足をふみならす馬《うま》から、できるだけはなれていたかったのです。ミランダの心臓《しんぞう》は早鐘《はやがね》のように打《う》っていましたが、ハミルカル・バルカの足音は遠《とお》ざかっていき、やがて、すっかりしずかになりました。「いなくなったわね」ミランダは満足《まんぞく》そうに、心《こころ》のなかでつぶやきました。

　ミランダは片目《かため》をつぼのひびわれにあてて、庭《にわ》のようすをうかがいました。クラウディアはいません。だれもいません。夜《よる》でもないのに、あたりは灰色《はいいろ》です。「ウォウオ」とミランダは鳴《な》きましたが、だれも返事《へんじ》をしません。どうやら、プンカとふたりきりのようです。鼻《はな》を上にむけて、においをかいでみました。いまや、つぼの底《そこ》にいても、けむりのにおいがします。すこし、いやな予感《よかん》がしました。黒《くろ》いすすや灰《はい》がちらちらと見え、つぼのなかのミランダたちのうえにもふってきました。ミランダはおどろいて、自分《じぶん》の毛《け》についたすすや灰《はい》をじっと見ました。そして、つぼから出るときがきたとさとって、「とびなさい！」とプンカにいいました。

　プンカはじつは、とぶのが得意《とくい》です。歌《うた》はたしかにうまくありませんが、とびあがることにかけては、ジャンプのプンカとよばれるほどでした。それはもう、目を見はるほどのはなれわざでした。なんの助走《じょそう》もせずに、真上《まうえ》に二メートル以上《いじょう》もとびあがれるのです。

生《う》まれつき、そういうことのできる猫《ねこ》がたまにいますが、プンカもそのひとりでした。

さて、プンカは身《み》じろぎもせず、なんの準備《じゅんび》もせずに、ぱっと真上《まうえ》にとびあがり、二メートル近《ちか》い高《たか》さのつぼからとびでてしまいました。いつもなら、おなじ場所《ばしょ》にそのままおりてくるのですが、うまいこと、つぼのわきに着地《ちゃくち》しました。みごとなジャンプ、大成功《だいせいこう》です。「ワァ」とプンカはいいました。ひとりぼっちで、心細《こころぼそ》くなったのです。目や鼻《はな》にけむりがしみてきます。「ワァ」プンカはせっぱつまったように、おかあさんをよびました。

「ウォウオ」ミランダはなだめるようにいいました。「いま行《い》くわ。すぐに出るからまってなさい」

ミランダはとぶのがそんなに得意《とくい》ではありません。すばらしい母親猫《ははおやねこ》で歌《うた》の名手《めいしゅ》ですが、とぶのはあまり得意《とくい》ではありません。それに、もうじき子猫《こねこ》を生《う》む身《み》では、いつにもましてとびあがれません。「つぼをたおして出るしかないわね」とミランダは思《おも》いました。プンカも知《し》らず知《し》らずのうちに、手助《てだす》けしていました。おかあさんのそばにいたいあまりに、つぼの右側《みぎがわ》に身《み》をすりよせたり、左側《ひだりがわ》にすりよったりしていたのです。中ではミランダが、つぼの左側へ、右側へと、交互に体重をかけていました。つぼはぐらぐらしはじめ、やがて――バタンとたおれました。さいわい、プールのなかにはたおれませんでした。ミランダはゆられたせいで、ちょっとふらふらしていましたが、無事《ぶじ》につぼからはいでてきました。

ミランダとプンカは庭《にわ》へかけだしました。もはや黒《くろ》いけむりがあたり一面《いちめん》にただよっていて、空が見えません。火の手が近《ちか》づいているようです。ときおり、ひどく熱《あつ》い風《かぜ》が吹《ふ》きつけてきます。ミランダとプンカのほうへ、風《かぜ》で火がどんどん近《ちか》づいてきます。

いまミランダは、クラウディアの必死《ひっし》のよびかけにこたえればよかった、と思《おも》っているでしょうか。いいえ、おそらく思《おも》っていないでしょう。猫《ねこ》は過去《かこ》に生きることはしません。後悔《こうかい》で時間《じかん》をむだにはしないし、ミランダのように、さわぎや危険《きけん》のにおいが好《す》きな猫《ねこ》もいるのです。

「ついておいで！」ミランダはプンカにいいました。

プンカはさわぎや危険《きけん》が好《す》きなタイプの猫《ねこ》ではありません。あおむけに寝《ね》ころがって、なでられ、かわいがられるのが好《す》きなのです。プンカはふるえあがっていました。なにかおそろしいことが起《お》きているのがわかるからです。ミランダはおかあさんらしく、そっとひとなめしてやりました。そのおかげで、プンカはすこし勇気《ゆうき》をふるいおこし、ミランダも勇気《ゆうき》をみなぎらせました。さあ、もう行《い》かなくてはなりません。

そうして、マルクス・ルミヌス一家《いっか》の大猫《おおねこ》、ミランダとプンカは、黄金色《こがねいろ》の家《いえ》と美《うつく》しい庭《にわ》をあとにして、うらの路地《ろじ》へ出ていきました。肩《かた》をならべていっしょに歩《ある》き、いっしょにうずくまりながら、ときにはすばやく、ときにはゆっくり、路地《ろじ》の先のアッピア街道《かいどう》に出る一本道《いっぽんみち》を目指《めざ》しました。

一家《いっか》が別荘《べっそう》で休暇《きゅうか》をすごすとき、ミランダはクラウディアの腕《うで》にしっかり抱《だ》かれて、よくこの道《みち》を通《とお》ったものです。それで、いま一家《いっか》がハミルカル・バルカとともに向《む》かっているのも、その別荘《べっそう》だろうと思《おも》ったわけです。みなさんは、そのとおりだと知《し》っていますね。

ミランダはわくわくしていました。となりにいる自慢《じまん》のむすめとあらたに生《う》まれる子猫《こねこ》たちのおかげで、かがやくような力と自信《じしん》があふれてきます。けむりや灰《はい》でむすめがむせると、立ちどまってぺろぺろとなめてやりました。「あのハチに鼻《はな》をさされたせいね」といってやりました。「でも、大丈夫《だいじょうぶ》。大丈夫《だいじょうぶ》よ」

「ワァ」とプンカはいいました。

ところが、アッピア街道《かいどう》につづく一本道《いっぽんみち》を見たとたん、ミランダはこの道《みち》を行《い》くわけにはいかない、ほかの方法《ほうほう》を考《かんが》えなくてはいけないとさとりました。道《みち》は人間《にんげん》の男女《だんじょ》、子ども、牛《うし》、馬《うま》、ろば、犬でごったがえしていました。猫《ねこ》もいますが、だいたい人の腕《うで》に抱《だ》かれています。ユーノー神殿《しんでん》で神《かみ》の鳥《とり》として飼《か》われていたガチョウたちが、大声《おおごえ》で鳴《な》きながら通《とお》りすぎていきます。だれもがなんとかローマから逃《に》げだして、火が消《け》しとめられ、蛮族《ばんぞく》が追《お》いだされるのをまつつもりでいるのです。

ミランダは苦《にが》い思《おも》いで、おしよせる群《む》れを見つめました。「ウォウオ」といいながら、泣《な》くつもりはないのに泣《な》いてしまいました。それだけおそろしい光景《こうけい》だったのです。

「路地《ろじ》にもどりなさい、はやく！」とプンカにいいました。路地《ろじ》の反対側《はんたいがわ》のつきあたりにある高《たか》い壁《かべ》までもどるつもりでした。壁《かべ》の向《む》こうがわへ行《い》けば、高《たか》い壁《かべ》が火をさえぎってくれて安全《あんぜん》なはずです。ミランダはこの計画《けいかく》をプンカに伝《つた》えました。プンカが取《と》りみだしてどこかへ逃《に》げだし、はぐれたりしないように。ミランダとバルセロナからきたあらくれ猫《ねこ》をはじめ、ほんのひとにぎりの猫《ねこ》が、秘密《ひみつ》の抜《ぬ》け道《みち》があることを知《し》っていました。高《たか》い壁《かべ》の下に、雨水《あまみず》を流《なが》す小さなトンネルがあるのです。

「ワァ」とプンカはいいました。取《と》りみだして逃《に》げだすなんてとんでもない、どんなことがあっても、たのもしいおかあさんから、はなれるつもりはありません。

「さあ、炎《ほのお》とけむりのあいだをかけぬけるわよ」ミランダはいいました。「おいで、プンカ！」

プンカなら、炎《ほのお》のなかを走《はし》らなくても、得意《とくい》のジャンプでとびこえることができます。でも、おかあさんのそばをはなれたくはありません。かけだそうと身《み》がまえながら、ふたりはふとためらいました。なにかがきこえたのです。

「ミュー、ミュー、ミュー」すぐわきの戸口《とぐち》から、必死《ひっし》のさけび声《ごえ》がきこえてきます。

「まって！」ミランダはちいさなさけび声《ごえ》に、胸《むね》がはりさけそうになりながら、戸口《とぐち》をのぞきこみました。

四ひき！　立つのがやっとの、ちいさな子猫《こねこ》が四ひきもいて、さけんでいるのです。

「ミュー、ミュー！　たすけて！」

4　子猫《こねこ》たちをたすける

ミランダは四ひきの子猫《こねこ》を見て、思《おも》わず立ちすくみました。あたりには、世話《せわ》をしてくれる人間《にんげん》もおかあさん猫《ねこ》もいません。蛮族《ばんぞく》があばれるなか、火とけむりのなかにとりのこされているのです。このままでは死《し》んでしまいます。こんなに大きく口をあけて、あわれにたすけをもとめていては、けむりで息《いき》をつまらせてしまってもおかしくありません。

「ミュー、ミュー、ミュー」子猫《こねこ》たちはますます必死《ひっし》にさけびました。たすけてもらえそうだと気づいたのです。

「ウォウオ」ミランダはやさしく声《こえ》をかけました。でも、これ以上《いじょう》やさしくしているひまはありません。子猫《こねこ》を一ぴき首《くび》のうしろからくわえあげ、プンカにも一ぴきくわえるように合図《あいず》して、いっしょに濃《こ》いけむりと火《ひ》の粉《こ》をかいくぐって路地《ろじ》に出ました。そこに二ひきをおろすと、けむりのなかをかけもどり、あとの二ひきをくわえて、また路地《ろじ》に出ました。

ミランダとプンカはそれぞれ一ぴきずつ子猫《こねこ》を口にくわえ、もう二ひきをできるだけやさしく前《まえ》に足でおしだしながら進《すす》みました。濃《こ》いけむりのたちこめる場所《ばしょ》からはなれていき、路地《ろじ》のつきあたりの高《たか》い古壁《ふるかべ》をめざします。

プンカは子猫《こねこ》たちをはこぶのにすこし手こずっていました。おかあさんが二度目《どめ》に生《う》んだ子猫《こねこ》たちの世話《せわ》を手伝《てつだ》って、いろいろめんどうをみたり、歩《ある》きかたやあそびかたを教《おし》えてやったりしたので、ちいさな子猫《こねこ》の相手《あいて》をするのは、はじめてではありません。でも、子猫《こねこ》を口でくわえてはこんだことはなかったので、コツがつかめていません。しょっちゅう、子猫《こねこ》が口からすべりおちてしまいます。ミランダはむすめをはげまして、こういいました。「うまくやっているわよ。とてもむずかしいことをしているんだから……一ぴきをくわえたまま、もう一ぴきをけがさせないように気をつけながら足でおしていくなんて」

それに、ころがされているほうの子猫《こねこ》たちの大声《おおごえ》で鳴《な》きたてることといったら、がまんならないくらいでした。こんなふうに毛糸玉《けいとだま》みたいにころがされるのはいやだ、おかあさんのおかあさんに会《あ》いたい、お乳《ちち》をくれるほんとうのおかあさんに会《あ》いたい、おなかがすいた、とひっきりなしに文句《もんく》をいうのです。ミランダとプンカの口にくわえられた子猫《こねこ》たちは、声《こえ》を出せません。ミランダとプンカは、四ひきの子猫《こねこ》をかわるがわる、くわえたりころがしたりしました。これで、みんな公平《こうへい》に文句《もんく》がいえるというわけです。

ときどき、足をとめて休むと、四ひきの子猫《こねこ》はミランダにすりよりました。プンカは、おかあさんといっしょに子猫《こねこ》たちをたすけようとしているのに、やきもちをやいて間《あいだ》にわりこもうとしました。ミランダはプンカの気持《きも》ちがわかるので、プンカの顔《かお》をなめてやり、プンカがいちばんだといってやりました。勇気《ゆうき》をもって、子猫《こねこ》たちのいい手本《てほん》になるように、「ワァ」といったりしないように、とさとしました。

こうして、ミランダはプンカを安心《あんしん》させ、じぶんも気をしずめました。これまで、どんな心配《しんぱい》もうまくかくして、気づかれずにすんでいます。心配《しんぱい》するどころか、とるにたらないことのようにふるまっています。このくらいの経験《けいけん》は、さんざんしてきたといわんばかりに。ちょっとしたつくりばなしをしてきかせると、子猫《こねこ》たちはにっこりしました。

ついに路地《ろじ》のつきあたりの古《ふる》い壁《かべ》にたどりつきました。そこでまた一休《ひとやす》みして、ミランダはみんなをどうやって壁《かべ》の向《む》こうがわへつれていくか考《かんが》えました。

これまで、ミランダは何度《なんど》も壁《かべ》の向《む》こうがわへ、雨水《あまみず》を流《なが》すための小さなトンネルをくぐっていったことがあります。一度《ど》、バルセロナのあらくれ猫《ねこ》とミランダがトンネルのなかで鉢合《はちあ》わせしたこともありました。もちろん、あらくれ猫《ねこ》のほうがあとずさりして出ていかなければなりませんでした。ミランダはけっしてあとにはひきませんでしたから。

さて、ちいさな子猫《こねこ》たちをはぐれさせずに、暗《くら》いトンネルをぬけるにはどうすればいいか。それがいま、ミランダの頭《あたま》をなやませていました。

すると、いままで作戦《さくせん》など考《かんが》えたこともなかったプンカが、あることを思《おも》いつきました。おかあさんに伝《つた》えてみると、おかあさんはのどをならしました。プンカのジャンプの才能《さいのう》は、ミランダもみとめるところでした。むすめがふいに高《たか》くまっすぐとびあがり、またまっすぐおりてくるようすを、庭《にわ》でよく見ては、冷静《れいせい》に観察《かんさつ》していました。だからいま、プンカの思《おも》いつきをきいて賛成《さんせい》したのです。それは、四ひきの子猫《こねこ》を一ぴきずつ口にくわえたまま、古壁《ふるかべ》をとびこえるというものでした。

「わかったわ」といって、ミランダはのどをならしました。「やってごらんなさい」

そこで、プンカは子猫《こねこ》を一ぴき口にくわえ、おとさないようにしっかりくわえなおすと、ちらっと壁《かべ》を見やり(高《たか》さ二メートル以上《いじょう》もあります！)、ぱっととびあがりました。まっすぐ上にとびあがり、路地《ろじ》の壁《かべ》の反対《はんたい》がわにおりました。

ミランダは壁《かべ》に耳をよせました。「ワァ」とプンカはいいました。

「ウォウオ」とミランダはこたえました。それはまるで、「イオ！」といっているようでした。イオというのは、ラテン語《ご》で「でかした」とか「あっぱれ」という意味《いみ》です。

プンカはおなじことをもう三回《かい》くりかえし、子猫《こねこ》たちは四ひきとも、安全《あんぜん》な壁《かべ》の反対《はんたい》がわにつれてこられました。ミランダはとぶのが得意《とくい》ではないので、いつものように小さなトンネルをくぐりました。こうして、ミランダとプンカと四ひきの子猫《こねこ》は、またいっしょになりました。子猫《こねこ》たちは空中飛行《くうちゅうひこう》で目をまわしたように頭《あたま》をふっています。

壁《かべ》のこちらがわには、むこうほどけむりはなく、炎《ほのお》や火《ひ》の粉《こ》はまったく見あたりません。もう大丈夫《だいじょうぶ》です。それでもミランダは、もうすぐ夜《よる》になるから、はやくおちつける場所《ばしょ》を見つけなければと思《おも》いました。そこで、一行《いっこう》は足をすすめました。つらくてうんざりするような道中《どうちゅう》でした。おまけに、ミランダはもう一ぴき、見すてられた赤ちゃん猫《ねこ》を見つけてしまいました。この子猫《こねこ》も歩《ある》くことができないので、ミランダとプンカで、五ひきもの歩《ある》けない子猫《こねこ》をたすけなければなりません。もし風向《かざむ》きがかわって、火の手が街《まち》のこちらがわへきたら、いったいどうなることでしょう。

「最初《さいしょ》の四ひきを歩《ある》かせなければ」とミランダはプンカにいいました。「立ちなさい！」と子猫《こねこ》たちにいいました。ちび猫《ねこ》たちはあんぐりと口をあけたまま、じっと見かえすだけでした。「立つのよ！　さあ、はやく」ミランダは命《めい》じました。「こうよ。こんなふうに歩《ある》きなさい」

ミランダはみなしごたちの前《まえ》をいったりきたり、行進《こうしん》してみせました。頭《あたま》を高《たか》くして、しっぽをぴんとさせて。子猫《こねこ》たちはまねしようとしましたが、ころんでばかりでした。いつのまにかそばにきていた、ちいさなトラ猫《ねこ》がわらいました。ミランダはトラ猫《ねこ》をたたいて、こういいました。「あんたも行儀《ぎょうぎ》よくすれば、いっしょにいてもいいわよ」子猫《こねこ》たちはころんでも、ころんでも、あきらめずにがんばりました。そのうち、立てるようになり、ミランダのところからプンカのところまで、プンカのところからミランダのところまで、ころばずに歩《ある》けるようになりました。「ミュー、ミュー!」ちびたちはうれしそうにさけびました。

「よくやったわ!」ミランダは一ぴきずつ、ぺろりとなめてやりました。ところが、子《こ》猫《ねこ》たちが歩《ある》けるようになると、今度《こんど》はまとめておくのがむずかしくなってしまいました。まだ幼《おさな》い子猫《こねこ》たちは、おそろしい危険《きけん》から救《すく》ってもらったばかりだということを、すっかりわすれてしまったのです。あちこちはねまわったりじゃれあったり、あげくには逃《に》げだそうとさえしました。

「おやめ!」ミランダは命《めい》じました。「力をたくわえておくのよ。やめなさい、いますぐ!」

四ひきの子猫《こねこ》はいたずらっぽくわらいながら、できるだけ速足《はやあし》で、安全《あんぜん》なミランダのそばから逃《に》げていきました。ミランダとプンカはつかれていましたが、四ひきをおいかけ、まとめてつれもどしました。さあ、もう行《い》かなければなりません。

ミランダはあたらしく見つけた、幼《おさな》すぎて歩《ある》けないすすけた色《いろ》の子猫《こねこ》をとりあげ、先頭《せんとう》に立って歩《ある》きました。プンカはうしろについて、ときどきつかれた子猫《こねこ》をはこびながら、歩《ある》けるようになった子猫《こねこ》たちがはぐれず、ちゃんと四ひきそろっているよう目をくばっていなければなりませんでした。

ミランダはプンカのふるまいをとてもほこらしく思《おも》って、さっとすりよってやりました。甘《あま》やかされている、とプンカはみんなにいわれていましたが、いまのプンカはどうでしょう。ジャンプの名手《めいしゅ》、はぐれ猫《ねこ》たちのたのもしい救《すく》い主《ぬし》。たよりになるプンカおねえさんです！

「ワァ！」とプンカはいいました。できることなら、ゆうかんな役《やく》はやめて、また甘《あま》やかされたいと思《おも》っていました。やさしくなでられ、かわいがられたいと。

ちいさなおすのトラ猫《ねこ》は、いい助《すけ》っ人《と》になってくれました。子猫《こねこ》たちの右側《みぎがわ》を歩《ある》いては左側《ひだりがわ》を歩《ある》き、列《れつ》をまっすぐにたもちました。あらたに子猫《こねこ》がくわわろうとしても、「だめだ、あっちへ行《い》け」とはいいませんでした。心《こころ》のせまい猫《ねこ》ではなく、ひろい猫《ねこ》でした。ミ

ランダはのどをならしました。
こうして、猫《ねこ》たちは行進《こうしん》しながら、ローマの大広場《おおひろば》のそばを通《とお》りました。そこにはいじわるな猫《ねこ》たちがたむろしていて、ミランダをおどかすように歯《は》をむき、シーッと音をたてました。ミランダはすすけたちび猫《ねこ》をおろし、一ぴきのむてっぽうな猫《ねこ》を追《お》いはらわなければなりませんでした。その猫《ねこ》は、ミランダたちが大広場《おおひろば》におちつこうとしているのだと思《おも》ったのです。ところが、ミランダがひとすじなわではいかない強《つよ》そうな猫《ねこ》だとわかると、きびすをかえして、たおれた柱《はしら》のかげにかくれました。
ミランダはぶるっと身《み》ぶるいし、またす

すけたちび猫《ねこ》をとりあげると、一行《いっこう》をつれてすすんでいきました。いまや、子猫《こねこ》の数《かず》は十七ひきになっていました。

「もうすぐよ」ミランダは子猫《こねこ》たちにいいました。

「ミュー、ミュー」ちびたちはほっとしていいました。

もうすぐどこに着《つ》くのか、ミランダにもわかりませんでした。でも、いまのじぶんとプンカと、おおぜいのつかれきった子猫《こねこ》たちにとって、いちばんいい場所《ばしょ》を見つけたら、すぐにぴんとくるのはわかっていました。

とつぜん、ミランダはぴたりと足をとめました。そこは、ひろく美《うつく》しい広場《ひろば》でした。ミランダはちび猫《ねこ》をおろしていいました。「ウォウオ、とまって！」

みんなはよろこんで足をとめました。広場《ひろば》のむこうには、たいそうりっぱな建物《たてもの》がありました。まるい形《かたち》で、すこしくずれていますが、きちんと立っています。これまでにも、ほかの戦《たたか》いで傷《いた》んでいましたが、きょうの蛮族《ばんぞく》の攻撃《こうげき》でさらに傷《いた》みがひろがっています。

そう、そこはコロッセオ、円形闘技場《えんけいとうぎじょう》です。黄金色《こがねいろ》の大猫《おおねこ》ミランダとそのむすめ、銀色《ぎんいろ》の大猫《おおねこ》プンカが、救《すく》いだした子猫《こねこ》たちをたまたまつれてきたのは、まさにうってつけの場《ば》所《しょ》でした。ほんのひとときみなで腰《こし》をおろし、そのくずれかけた巨大《きょだい》な建物《たてもの》を見つめました。

それから、ミランダは立ちあがりました。みんなも立ちあがります。「ウォウオ！」とミランダはいいました。そして、ちび猫《ねこ》をくわえあげ、かつてみごとな馬車《ばしゃ》が出入《でい》りしていた高《たか》いアーチ形《がた》の門《もん》から、堂々《どうどう》と入っていきました。

「ミューミュー」と子猫《こねこ》たちはいいながら、一ぴきずつ一列《れつ》になって入っていきました。一ぴきもころぶことなく、どれだけりっぱに歩《ある》いてきたかわかっていたので、みんなほこらしげにわらっていました。

ミランダはみなしごたちを、安全《あんぜん》なすみのかげにあつめると、こういいました。「さあ、毛《け》づくろいをしましょう」みんな、じぶんでじぶんの毛《け》なみをととのえました。

「ここがおうちよ」ミランダがいうと、子猫《こねこ》たちもプンカもほっとしました。「すこし寝《ね》なさい」とミランダはいいました。

ところが、みんなが寝《ね》ようとして、まるくなったとき、コロッセオの奥深《おくふか》くの地《ち》の底《そこ》から、おそろしい雷《かみなり》のような声《こえ》がひびいてきました。

「ウォオオオ！　ウォオオオオ！」

ミランダもプンカも子猫《こねこ》たちも、さっと身《み》をおこしました。毛《け》を逆《さか》だたせ、しっぽをふくらませ、足をぴんとはって立ちあがりました。子猫《こねこ》たちはこわがってミランダにかけよりました。いまのはなんだったのでしょう。あのほえるようなものすごい声《こえ》は。

ミランダは前足《まえあし》をあげ、子猫《こねこ》たちをしずかにさせました。先の暗《くら》がりをじっと見つめ、耳をすましました。またきこえてきました。「ウォオオオウウウ！」

子猫《こねこ》たちのほうにむきなおって、ミランダはおちつきはらったようすでいいました。

「ライオンだわ。王さまライオンか女王ライオン。ライオンというのは、王さまか女王さまか、どちらかですからね」

「ワァ」とプンカはいいました。子猫《ねこ》たちは口をあけて「ミューミュー」といおうとしました。でも、声《こえ》が出ません。けむりをすったりさけんだりしたせいで、のどはかれていたし、こわくて声《こえ》にならないのです。この声《こえ》にならない鳴《な》き声《ごえ》が、ミランダを不安《ふあん》にさせました。いますぐ、ライオンをどうにかしなければなりません。でも、どうやって？

5　ライオン

　ミランダと子猫《こねこ》たちがここにおちつくまえのこと、このコロッセオでは、ローマ皇帝《こうてい》と市民《しみん》たちを楽《たの》しませるために、大がかりな競技《きょうぎ》がおこなわれていました。こうした競技《きょうぎ》のなかには、人間《にんげん》と猛獣《もうじゅう》の戦《たたか》いや、猛獣《もうじゅう》どうしの戦《たたか》いがありました。競技場《きょうぎじょう》の地下《ちか》には、牢《ろう》やおりやくさりがあって、とらわれの猛獣《もうじゅう》や人間《にんげん》がとじこめられていました。

　ミランダはそんな習《なら》わしを知《し》りませんでした。でも、ライオンはネコ科《か》なので、ライオンのことばはわかりました。「ここから出せ。おねがいだから、だれか出してくれ！ウォオオオウァアア！」とライオンはいっていました。「もう出してくれてもいいだろう」

ミランダは賛成《さんせい》でした。ミランダとライオンの望《のぞ》みはおなじ――ライオンが出ていくことです。なぜならミランダは、このくずれかけた巨大《きょだい》なコロッセオを、じぶんとプンカと救《すく》いだした子猫《こねこ》たちのすみかにしようと決《き》めたからです。猫《ねこ》だけのためのコロッセオ、とくに、はぐれ猫《ねこ》や運命《うんめい》にもてあそばれた猫《ねこ》のためのコロッセオ。ライオンはおことわり。

ライオンがおりにとじこめられているのはわかっていましたから、ミランダはいくらか安心《あんしん》でした。でも、こんなに騒々《そうぞう》しくては、子猫《こねこ》たちは休むことも寝《ね》ることもできません。ライオンをときはなち、追《お》いださなければなりません。

それには、どうすればいいか。ミランダは考《かんが》えながら、じぶんの毛《け》づくろいをし、すすけたちび猫《ねこ》もなめてやりました。なめていると、すすがとれてきて、どうやら白猫《しろねこ》らしいことがわかりました。

ライオンはあいかわらず、ほえつづけています。子猫《こねこ》たちはみんな、ミランダに目をむけて、どうするか見まもっています。じぶんたちをたすけてくれた、たのもしいミランダおかあさんなら、どんなことからも守《まも》ってくれるとわかっているので、もうこわくはないのですが、それでもミューミューと声《こえ》にならない声《こえ》をあげています。プンカは「ワァ！」といいました。

ミランダは立ちあがり、のびをしました。「うるさいから、あのライオンを追《お》いはらってくるわ。みんな、いい子で、プンカのいうことをしっかりききくのよ。そこにおちている古着《ふるぎ》の下にかくれていなさい」と子猫《こねこ》たちにいいました。プンカには、こういいました。

「一ぴきもはぐれないようにね。いまは三十三びきいるから……」

「三十四ひき」プンカは口をはさみました。

ミランダはプンカの顔《かお》を、いとしげになめました。プンカはほんとうによくたすけてくれましたし、長《なが》い道中《どうちゅう》では、なんどもみごとな垂直《すいちょく》とびをしてみせて、ちびたちをたのしませ、はげましてくれました。ミランダはプンカをほめてやりました。

「ワァ」とプンカはいって、おかあさんと運命《うんめい》をともにできることを、ほこりに思《おも》いました。

「さて、ライオンを追《お》いはらわなくては」とミランダはいいました。「これからはわたしたち、ローマのいい猫《ねこ》が、ここにすむんですからね。すぐもどってくるわ。ライオンの一ぴきくらい、なんだっていうの？　心配《しんぱい》しないで。さようなら、また《ワレー》ね」

ミランダは小さな角《かく》ばった口をきっとむすび、堂々《どうどう》と競技場《きょうぎじょう》の舞台《ぶたい》へむかっていきました。頭《あたま》を高《たか》くしたまま、しっぽをまっすぐ上にのばし、旗《はた》のようにふりました。それはそれは、りっぱな姿《すがた》でした。「女王さまみたいだ」とトラ猫《ねこ》の子がかすれ声《ごえ》でいいました。子猫《こねこ》たちはみんな、ミランダが見えなくなるまで、見おくっていました。

みんなから見えないところへくるやいなや、ミランダはさっとかげに入りこみました。地下《ちか》に通《つう》じるろうかをいくつもぬけましたが、まだ目的地《もくてきち》にたどりつきません。ライオンはつかれたのか、しばらくほえていません。でも、だまっていようがいまいが、きっと見つかるとミランダにはわかっていました。猫《ねこ》というのは、ほかの動物《どうぶつ》がどこにいるか、かならずわかるものですから。

しずけさのなか、身《み》を低《ひく》くしてすすみながら、ミランダはおおぜいの子猫《こねこ》たちのことを思《おも》いかえしました。なにか食《た》べさせなければなりません。食《た》べるものを見つけてやらなければ。いちばんほしいのは、じぶん以外《いがい》の母猫《ははねこ》です。お乳《ちち》をやれる、ほんものの母猫《ははねこ》。まずは、ライオンを追《お》いだすこと。それから、お乳《ちち》をもらえる母親《ははおや》をさがすこと。お乳《ちち》の出る母親《ははおや》なら、ぜいたくはいわない……。

ちょうどそのとき、すぐそばで、ライオンがはげしくほえました。「ウォオオア、ウォオオア！　出せ、ここから出せ！」

「すごい声《こえ》だこと」と思《おも》いながら、ミランダはろうかのかべにそってそろそろと、声《こえ》のするほうへすすみました。通路《つうろ》の土のにおいをかいでみました。ライオンのにおいがぷんぷんします。ミランダは前足《まえあし》をなめながら、おちついて、勇気《ゆうき》を出してつぶやきました。「さあ、ライオンをときはなつときがきたわよ。ライオンをはなつのは、むずかしいことじゃないわ」

ミランダはしずかに、ライオンのおりに近《ちか》づきました。近《ちか》づけば近《ちか》づくほど、気が高《たか》ぶってきて、なんども立ちどまっては、前足《まえあし》やおなかをなめました。おなかの子猫《こねこ》たちはいつ生《う》まれるかしら、と思《おも》いました。あらたに生《う》まれる子猫《こねこ》たち、ひきとった子猫《こねこ》たち、そしてプンカのことを思《おも》うと、力がわいてきました。ミランダはとてもけわしい敵意《てきい》にみちた表情《ひょうじょう》をして、じりじりとライオンのおりに横《よこ》から近《ちか》づいていきました。

ライオンはおりの中で、苦《くる》しみと絶望《ぜつぼう》の声《こえ》をあげながら、いったりきたりしていました。ミランダはおりのそばにうずくまり、その猛獣《もうじゅう》を観察《かんさつ》しました。ミランダは大猫《おおねこ》かもしれませんが、ライオンのほうがずっと大きく、ミランダは圧倒《あっとう》されました。そして、目を見はりました。ミランダは王さまライオンがいるものと思《おも》っていました。でも、そこにいるのは女王ライオンだったのです。しかも母《はは》ライオンで、お乳《ちち》をたっぷりかかえているではありませんか。

なんてこと、なんて都合《つごう》がいいのでしょう。あれだけほえてさけんで、出してもらおうとしていたのも無理《むり》はありません。子ライオンたちに会《あ》いたいにちがいありません。

もうひとつ、おどろかされることがありました。かけがねやかんぬきのしくみのわかるミランダには、おりの扉《とびら》のかんぬきがゆるんでいることがわかりました。このライオンはとじこめられていると思《おも》いこんでいます。でもじつは、足をつながれている鎖《くさり》をこわして、大きな前足《まえあし》を扉《とびら》の鉄格子《てつごうし》にかけさえすれば、扉《とびら》はいきおいよくひらき、外《そと》へ出られるのです。

ミランダはこのライオンをかんたんに出しぬけると思《おも》いました。いまこそ姿《すがた》をあらわすときです。ミランダは大胆《だいたん》にも、まっすぐライオンのおりに近《ちか》づき、敵意《てきい》にみちた顔《かお》つきのまま、おりのまえにすわりました。そして、耳をつんざくような声《こえ》で、「ウォウオ！」とドレミのミの音でさけびました。おそろしくとげとげしい声《こえ》です。「ウォウオ！」ミランダはもう一度《ど》さけびました。どんどん音を高《たか》くしていったかと思《おも》うと、今度《こんど》はどんどん低《ひく》くしていきました。ほんとうにおそろしく、だれだってぞっとするような声《こえ》です。ライオンはびっくりして、大きくとびあがりました。

6　ライオンのお乳《ちち》

ミランダははっとしました。ライオンがとびあがった拍子《ひょうし》に、足かせがこわれたのです。いままで必死《ひっし》にひっぱっていたせいで傷《いた》み、そもそも古《ふる》くてさびついていたのです(おそらく、遠《とお》い昔《むかし》のハドリアヌス帝《てい》の時代《じだい》から使《つか》われていたものでしょう)。

ライオンはいまや、かんたんにじぶんでおりを出ることができますが、さいわいそのことに気づいていません。頭《あたま》をたれ、ミランダに目をやったまま、あいかわらずおりのなかをいったりきたりしています。ライオンもミランダも、いじわるそうに目をほそめ、相手《あいて》のようすをうかがっています。ライオンはいまにも、扉《とびら》をあけて出ていけることに気づくかもしれません。はやくしなければ、とミランダは思《おも》いました。ミランダはライオンと取引《とりひき》がしたいのです。

「ウォウオ」ミランダは、あまりけわしくない調子《ちょうし》で話《はな》しかけました。

ライオンは立ちどまり、ミランダを見て、たずねるようにいいました。「ウォオオオア？」

それは、おりから出るのをたすけてくれるか、という意味《いみ》でした。質問《しつもん》をおえると、ライオンはまたおりのなかをいったりきたりしはじめ、ミランダはおりの外《そと》でいったりきたりしました。おたがいに横目《よこめ》で見ながら、しっぽをくいっ、くいっとふりながら、それぞれ足をすすめます。

とつぜん、ミランダが足をとめていいました。「わたしなら、あなたをおりから出してあげられるわ。わたしだけ、このミランダだけが、あなたを出す方法《ほうほう》を知《し》っている。出してあげてもいいけれど、条件《じょうけん》がふたつあるの。ひとつめは、せっかくしんせつにしてあげたわたしを食《た》べないこと……そういうことをするライオンがいるって話《はなし》をきいたのよ。ライオンをおりから出してあげたら、どうなるかって？　ていねいにお礼《れい》をいって、森へきえていく？　いいえ、あなたを食《た》べてしまうのよ。出たとたん、ふりむきざまに食《た》べてしまうってね！」

「なんて乱暴《らんぼう》な」とライオンはいいました。「そんなこと、わたしは絶対《ぜったい》にしないわ」

ミランダはまた歩《ある》きだしました。ライオンも歩《ある》きだしました。ミランダはもうひとつの条件《じょうけん》をいいました。それは、ライオンがどこへでも好《す》きなところへ逃《に》げていくまえに、すこし時間《じかん》をとって、ミランダの子たちにお乳《ちち》をわけることでした。

ライオンがおどろいているようすなので、ミランダはくりかえしました。「お乳《ちち》をわけてもらえないかといっているの。わたしには、三十三びきの子猫《こねこ》がいるから……プンカは三十四ひきといっていたけど、じぶんも数《かず》に入れているのかもしれないわ……みんな鳴《な》いて、お乳《ちち》をほしがっているのよ。母親《ははおや》どうし、話《はなし》はわかるでしょう。あの子たちに、お乳《ちち》をわけてくれないかしら？　それとも」ここで、ミランダは帰《かえ》ろうとするかのように、くるりと背《せ》をむけました。「ここでさよならして、あなたを飢《う》え死《じ》にさせるしかないかしら。そして、もっとやさしくて、しんせつなライオンをさがさなければならないかしら？」

めすライオンはぴたりと立ちどまり、首《くび》をかしげました。ぴくりともせず、ミランダのようすをうかがいました。ミランダはまた、いじわるでとげとげしい表情《ひょうじょう》をしています。「あなた、三十三びきも子どもがいるの！」ライオンは信《しん》じられない、というようすでいいました。

「三十四ひきかも」ミランダはなにげなく、前足《まえあし》をなめながらいいました。「子どもじゃなくて、子猫《こねこ》よ」

「それなら、お乳《ちち》がたりないのも無理《むり》ないわね」ライオンはいいました。

「ウォウオ」ミランダはこたえました。それから、もうじゅうぶん話《はな》したと思《おも》って、こういいました。「さあ、わけてくれるの、くれないの？　お乳《ちち》をやるか、ここに残《のこ》るか、どちらかよ。じゃあね」ミランダは帰《かえ》るふりをしました。

「ああ、まって、まって！」ライオンはすがるようにいいました。「ええ、お乳《ちち》ならあまっているから、わけてあげますとも。子猫《こねこ》たちに、おなかいっぱい。わたしの子は二ひきしかいないし、どこにいるかもわからないんだから」ライオンはむせびなきました。「ウウウァアア」

「きっと見つかるわ」とミランダはなぐさめました。「さあ、行《い》くわよ。約束《やくそく》をわすれないでね」

ミランダは立ちあがり、前足《まえあし》で鉄格子《てつごうし》にとりつき、左右《さゆう》にゆらしました。扉《とびら》はすいとひらき、ライオンは歩《ある》いて出てきました。ミランダは毛《け》を逆《さか》だて、できるだけ足をのばし、背中《せなか》を高《たか》く弓《ゆみ》なりにしました。そして、ボクサーのように、かるくとびはねました。ミランダはこわかったのです。ライオンはひとつめの約束《やくそく》をおぼえているでしょうか。ミランダを食《た》べないという約束《やくそく》を。

ええ、おぼえていました。ライオンはミランダを食《た》べませんでした。ところが、ふたつめの約束《やくそく》をすっかりわすれて逃《に》げだそうとしました。ミランダはライオンのまえにおどりでていいました。「お乳《ちち》はどうしたの。もういちど、おりにもどしてあげましょうか」

ライオンはぴたりととまり、すわりこんでいいました。「そうだったわね。三十三びきだか四ひきだか。どこにいるの？」

「ついてきて」ミランダはいいました。

ライオンはよろこんで、ミランダのうしろを大またでついていきました。もとの場所《ばしょ》に

たどりつくと、子猫《こねこ》たちはおなかをすかせてミューミューミューミュー鳴《な》いていました。さっきより声《こえ》が出るようになったようです。

めすライオンは子猫《こねこ》たちにひとしずくずつ、お乳《ちち》をのませました。それから、もうこれ以上《いじょう》たのみはきかないとばかりに、「ありがとう、しんせつなライオンさん」ということばもきかずに(ミランダは子猫《こねこ》たちにもう礼儀《れいぎ》を教《おし》えようとしていました)、コロッセオからとびだして、ローマの七つの丘《おか》のひとつにむかって消《き》えていきました。

そして丘《おか》にたどりついたライオンは、

そこにいたみんなにいってまわったそうです。三十三びきも子猫《こねこ》のいる猫《ねこ》に会《あ》ったと。

「びっくりだね」とフクロウの子がいって、また眠《ねむ》りました。

こうして、コロッセオから最後《さいご》のライオンが追《お》いだされました。のこっているのは猫《ねこ》だけです。子猫《こねこ》たちは、みんな小さなおなかをいっぱいにふくらませていました。ライオンのお乳《ちち》ひとしずくは、ふつうのミルクの二さじ分《ぶん》もあり、栄養《えいよう》もたっぷりなのです。子《こ》猫《ねこ》たちは目をとじて眠《ねむ》りました。もも色《いろ》の小さな口に、まだすこしお乳《ちち》の残《のこ》

っている子もいます。

プンカはうったえるようにおかあさんを見つめ、「ワァ？」とたずねました。「わたしのごはんはいつ？　なにを食《た》べるの？」

7 みんなのごはん

ミランダはふと、じぶんもとてもおなかがすいていることに気づきました。休んで眠《ねむ》るまえに、じぶんとプンカの食《た》べるものを見つけなければなりません。ミランダはしずかなコロッセオのなかをめぐりはじめました。すると、小さな顔《かお》がよろこびでぱっと明《あか》るくなり、よだれが出てきました。肉《にく》が焼《や》けたようなにおいがするのです。

食《た》べもののにおいをかいだだけで、もう気が遠《とお》くなりそうでしたが、ミランダはおいしそうなにおいにしっかり集中《しゅうちゅう》し、においのしてくるほうへすすみました。鼻《はな》を上にむけ、たえずにおいをかぎわけていくと、食《た》べもの、それも火のとおった食《た》べものにたどりつきました。この日、ローマがひどく攻《せ》められて起《お》きた火事《かじ》で、コロッセオの壁《かべ》の内《うち》がわにまで炎《ほのお》が入りこみ、肉《にく》が焼《や》けたのです。この肉《にく》は、例《れい》のライオンをはじめ、競技場《きょうぎじょう》での出番《でばん》をまってとじこめられていた猛獣《もうじゅう》たちのためのものでした。肉《にく》からは、まだぷすぷすとけむりが出ています。焼《や》きかげんは最高《さいこう》。こげすぎず、生《なま》すぎず、ちょうどよさそうです。

「ウォウオ」ミランダはうれしそうにさけびました。「イオ！」あちらのかたまり、こちらのかたまりのにおいを、くんくんかいでみました。ミランダは欲《よく》ばりではなく、好《この》みのうるさい猫《ねこ》なのです。ミランダはこんがり焼《や》けた、肉汁《にくじゅう》たっぷりの豚肉《ぶたにく》をひとかけ、かみとりました。思《おも》わず、のどがごろごろなってしまいます。なんておいしいのでしょう。ほかの肉《にく》も味見《あじみ》をして、あせらずゆっくりと食《た》べました。

いつもはクラウディアに肉《にく》を一口《ひとくち》サイズに切《き》ってもらっていましたが、それでも、じぶんで食《た》べられそうな大きさにかみきり、上品《じょうひん》にのどをならしながら食《た》べることができました。どんなことがあろうと、このコロッセオでやしなう猫《ねこ》たちには行儀《ぎょうぎ》を教《おし》えこみ、大広《おおひろ》場《ば》の猫《ねこ》たちのようないやしいまねはさせないと、ミランダは心《こころ》に決《き》めていました。

たっぷりと食《た》べ、どんなことがおこっても大丈夫《だいじょうぶ》なくらい力がついたところで、ミランダはプンカのために、肉汁《にくじゅう》したたるおいしいところをひとかけかみとり、いそいでもどりました。

「ワァ！」とプンカはいって、もらったごちそうをまるのみにしそうないきおいで食《た》べました。ミランダはなんども、もっとゆっくりきれいに食《た》べるよう注意《ちゅうい》しなければなりませんでした。

ふと、ミランダはじぶんたちが見られていることに気づきました。大きなおとなの猫《ねこ》が三びきやってきて、入り口でうずくまっているのです。ミランダは歯《は》をむいて「シッ」といいました。三びきはにくまれ口《ぐち》をかえさず、鼻《はな》を上にむけ、くんくんさせました。プンカがいま食《た》べたもののにおいをかぎとると笑《え》みをうかべ、立ちあがってまちました。

ミランダは目をほそめて三びきをよく見ながら、おどしの歌《うた》の声《こえ》を高《たか》くしていくとちゅうで、ぴたりとやめました。なぜなら——なんて運《うん》がいいのでしょう——コロッセオにたずねてきた三びきはめす猫《ねこ》で、しかもみんな母猫《ははねこ》だったのです。

「おくさまがた」とミランダは話《はな》しかけました。「きてくださってありがとう。お乳《ちち》の出るみなさんは歓迎《かんげい》ですよ。お肉《にく》をさしあげますから、子猫《こねこ》たちにお乳《ちち》をやってくださいな。いいでしょう？ そうすれば、このミランダと、むすめのプンカと、三十三びきの子猫《こねこ》のすむ大きなわが家《や》にいらしてくださってかまいませんのよ。どうぞ、お入りください」ミランダはこういって、のどをならしました。

三びきの大きな猫《ねこ》はゆっくり入り、なにかわながまっていないかと、あたりのようすをうかがいました。三十三びきの子猫《こねこ》は顔《かお》をあげ、「ミューミュー」といいました。見れば子猫《こねこ》たちには、母猫《ははねこ》かどうかわかるのです。

ひとりの母猫《ははねこ》がまっすぐすすけたちび猫《ねこ》のところへ行《い》って、お乳《ちち》をやりました。きっと、じぶんのむすこだったのでしょう。

「さあ」とミランダはいいました。「おなかがすいているでしょう。においのするほうへ行《い》ってごらんなさい。道《みち》のあちこちに肉汁《にくじゅう》がおちているから、わかるはずですよ。プンカ、お客《きゃく》さまを案内《あんない》しておあげなさい」プンカはいわれたとおりにしました。

プンカと三びきの猫《ねこ》がもどってくると、うまみたっぷりの肉《にく》をひとかけずつ、子猫《こねこ》のためにくわえていました。ほとんどの子猫《こねこ》はまだ歯《は》がよわいので、母猫《ははねこ》たちはじぶんの口で肉《にく》をやわらかくしてから、子猫《こねこ》たちのもも色《いろ》の口のなかにおとしてやりました。子猫《こねこ》たちがあたらしい食《た》べものの味《あじ》をきこうと、何《なん》びきもおりかさなったり、ぎゅっと目をとじて味《あじ》わったりするようすを見て、母猫《ははねこ》たちはほほえみました。

子猫《こねこ》たちにとっては、なんという一日だったことでしょう。ライオンのお乳《ちち》をひとしずくに、こんどはお肉《にく》のロースト！「こんな経験《けいけん》のできる子猫《こねこ》は、そうそういないわ」と、ミランダはほこらしく思《おも》いました。

おいしい食事《しょくじ》でおなかいっぱいになると、みんなは安心《あんしん》しきって眠《ねむ》りました。ミランダも眠《ねむ》りましたが、いつものように片目《かため》をすこしだけあけて、みんなを見まもっていました。

そして夜中《よなか》に、ミランダは子猫《こねこ》を四ひきうみました。プンカは子猫《こねこ》たちを見ると、びっくりしていいました。「また子猫《こねこ》がふえるの？」

ミランダはほくほく顔《がお》で、のどをならしました。「そうよ、プンカの弟《おとうと》、妹《いもうと》たちよ」

「ワァ！」とプンカはいいました。

ミランダがひとつだけ心残《こころのこ》りなのは、ライオンのお乳《ちち》をのませるのにまにあわなかったことでした。「それでも」とミランダは思《おも》いました。「なにもかもうまくいっているわ。ほんとうにうまくいっている」

ところが、そんな安《やす》らかな物思《ものおも》いも、長《なが》くはつづきませんでした。ろうかの外《そと》から、うなり声《ごえ》がきこえてきたのです。

「ウゥフ!」

ミランダはしずかにアーチ形《がた》のろうかをすすみ、入り口まで行《い》きました。そこには、十六ぴきの犬がいました。去年《きょねん》の冬《ふゆ》、猛吹雪《もうふぶき》のあとで家《いえ》のまえの通《とお》りから追《お》いはらったのと、おなじ十六ぴきかもしれません。いずれにせよ、いなくなってもらうしかありません。ミランダのコロッセオに、入らせるわけにはいきません。これまで、三十三びきの子猫《こねこ》を(もちろんプンカのたすけをかりて)救《すく》い、ライオンを追《お》いはらい、火とけむりと混乱《こんらん》のなか、自分《じぶん》の子を四ひきうんだあげく、犬なんかのためにここをゆずってたまるものですか。「追《お》いはらうしかない」と思《おも》いながら、ミランダは犬たちを見ました。リーダーらしい灰《はい》色《いろ》のやせこけた犬をかこんで、犬たちはなにやらざわざわと相談《そうだん》しています。

ミランダの好《す》きな犬はザグだけでした。ザグのことはほんとうに好《す》きでした。でも、ザ

グの居場所《いばしょ》はわかっています。ハミルカル・バルカや家族《かぞく》といっしょに別荘《べっそう》に行《い》き、ご主人《しゅじん》さまの足元《あしもと》に寝《ね》ころがり、いびきをたてて寝《ね》ているにちがいありません。ミランダはそんな日々とは、もうさよならしてしまったのです。

犬たちには気づかれないまま、ミランダは身《み》を低《ひく》くして、攻撃《こうげき》のタイミングをうかがっていました。そしてとつぜん、おそろしい「ウォウオ」の声《こえ》をあげ、そのままめいっぱい高《たか》くしていってから、今度《こんど》はめいっぱい低《ひく》くしていきました。その声《こえ》はろうか中《じゅう》にひびきわたり、寝《ね》ている猫《ねこ》たちも目をさましました。

プンカと三びきの母猫《ははねこ》は音楽《おんがく》にあわせるように、ぴんとはった足でじりじりやってきて、ミランダのうしろにひかえました。おいていかれた子猫《こねこ》たちは「ミューミュー」といいました。あのバルセロナからきたしっぽの折《お》れたあらくれ猫《ねこ》が、ふいにどこからかやってきました。これで、大きな猫《ねこ》が六ぴきあつまりました。

とはいえ、ミランダはたったひとりでも、犬たちを追《お》いはらうことができるでしょう。ほかの猫《ねこ》たちが尊敬《そんけい》のまなざしで見まもるなか、ミランダは犬たちのまえをぐるぐるまわりながら、警告《けいこく》と敵意《てきい》をこめた歌《うた》をうたいました。

でも、犬たちはおなかがすききっていました。肉《にく》のにおいをかぎつけていたので、なかなか逃《に》げようとしません。ミランダは大きなやせっぽちのリーダー犬《けん》にとびかかり、ひっかいてやりました。同時《どうじ》に、なにもいわれないのに(ふと思《おも》いついて)、プンカがぱっととびあがりました。そして、やせ犬の背中《せなか》にのると、耳元《みみもと》でシッと音をたて、とびおりました。リーダー犬《けん》は遠《とお》ぼえしながら逃《に》げていき、ほかの犬もみんなついていきました。

プンカはぶるぶるふるえながら、かげにひっこみました。じぶんの勇気《ゆうき》ある行動《こうどう》が、いまになってこわくなったのです。おかあさんは「イオ！」といってやりました。

ミランダは犬たちが通《とお》りをかけていき、コロッセオのむこうへまわりこんで消《き》えるのを見ていました。みんな逃《に》げてしまいました、たった一ぴきをのぞいては。

一ぴきだけ、残《のこ》った犬がいます。そのめす犬は逃《に》げようとせず、動《うご》こうともしません。地面《じめん》にふせたまま、大きな使《つか》い古《ふる》しのモップのように、じっとしています。

ミランダは動《うご》こうとしない犬のまえにいき、よく見てみました。それから、やさしく声《こえ》をかけました。「わんちゃん、あなたはだれ？　もしかして、ザグ？　ザギーじゃない？」

それがいまはどうでしょう。「子猫《こねこ》のめんどうをみなさい。ライオンに食《く》われないように気をつけなさい。犬を追《お》いはらいなさい。しっぽの折《お》れたあらくれ猫《ねこ》を競技場《きょうぎじょう》のこっちがわにこさせてはだめ。いうとおりにしなさい！」

これがいまのプンカのくらしです。「ふぅ」プンカはほとほといやになって、子猫《こねこ》たちのもとにもどると、どんなにせがまれても、とびあがってみせませんでした。どんなにていねいにたのまれても。

ザグの顔《かお》つきが安《やす》らいできたのを見て、ミランダはいいました。「さあ、ザグ。うちのコロッセオにお入りなさい。すこし寝《ね》て、なにか食《た》べるといいわ。子猫《こねこ》をふまないように気をつけてね。いまはたぶん、三十七ひきいるから。わたしがうんだばかりの四ひきを入れると」

「ウァハァハァ」とザグはため息《いき》をつきました。つらそうに、ずいぶんよろよろしながら(足はひどく痛《いた》み、片足《かたあし》からは血《ち》が出ていました)、やっとのことで立ちあがり、ミランダについてろうかを歩《ある》き、子猫《こねこ》たちのいる小部屋《こべや》にきました。

ここは、かつて競技場《きょうぎじょう》の切符《きっぷ》をくばっていた小部屋《こべや》です。こぢんまりと居心地《いごこち》のよい、

しずかなあたたかい場所《ばしょ》で、ミランダとプンカと、三十七ひきの子猫《こねこ》と三びきの母猫《ははねこ》、それに一ぴきの犬ザグがおちつくのに、ぴったりでした。

あのおそろしいバルセロナのあらくれ猫《ねこ》は、じつはプンカときょうだいたちの父親《ちちおや》です。一度《ど》やってきて、ここにおいてもらえないかといいましたが、ミランダは「だめ」といいました。競技場《きょうぎじょう》のむこうがわにいなさいと。むこうがわにあらくれ猫《ねこ》の目が見えるときもあれば、見えないときもあって、まるで見張《みは》り役《やく》の番人《ばんにん》のようでした。「もしいい仕事《しごと》をしてくれたら、かがやくもの《スプレンドリオ》とよんでやりましょう」とミランダは思《おも》いました。

ザグは古着《ふるぎ》のうえにおちつくと、すこし安心《あんしん》したようでした。ミランダは肉《にく》をとりにいってやりました。食《た》べもののありかを知《し》ったあらくれ猫《ねこ》が、ぜんぶ食《た》べてしまっていなければいいのだけれど、と思《おも》いましたが、ちゃんと残《のこ》っていました。ミランダはおいしそうなかたまりをくわえてもどってきました。かつてのザグなら、よろこんでひとのみにしたことでしょう。

でも、ザグはそれを食《た》べませんでした。頭《あたま》をふって、寝《ね》たふりをしました。ただ、コロッセオの外《そと》から遠《とお》い足音がひびいてくるたびに、体《からだ》をおこしてじっと耳をすましました。

そして、マルクスの足音でないのがわかると、横《よこ》になってため息《いき》をつくのです。

ローマの街《まち》には、ちらほらと人がもどってきていました。蛮族《ばんぞく》は追《お》いはらわれ、火事《かじ》もほとんどおさまっていました。ミランダはまたザグにキスしました。「ウォウオ。マルクスはきっと見つけてくれるわ。わたしがついているから、もう寝《ね》なさい」

それからミランダは、子猫《こねこ》たちに子守歌《こもりうた》をうたい、生《う》まれたばかりの子たちによりそって、のどをならしました。ミランダの子たちは、ごろごろとこたえました。まるで浜辺《はまべ》にうちよせるさざなみのように、子猫《こねこ》たちはのどをならしました。

でも、ザグはむせびなくことしかできませんでした。眠《ねむ》っていても、泣《な》いていることがありました。その声《こえ》は、まるでマルクスの名をよんでいるかのようでした。

9　再会《さいかい》

七日間《なのかかん》がたちました。街《まち》のところどころには、いまだに濃《こ》いけむりがたれこめています。夜《よる》には、ときおり残《のこ》り火《び》がくすぶっているのが、コロッセオの猫《ねこ》たちからも見えました。でも、最悪《さいあく》のときはおわり、多《おお》くの人がもとのくらしにもどりつつありました。

猫《ねこ》たちとザグは、そうはいきません。猫《ねこ》たちはすでに、コロッセオのなかをほとんど見てまわっていました。壁《かべ》がくずれてがれきになっているところもありますし、巨《きょ》大《だい》な柱《はしら》もたくさんたおれています。でも、猫《ねこ》たちはそんなところを気に入り、とてもいいすみかだと思《おも》いました。ザグはそうは思《おも》いませんでした。

ザグはしょっちゅう、ろうかの入り口に横《よこ》たわり、外《そと》の広場《ひろば》のほうをむいて、ときどきかなしげにうなっていました。ほとんどなにも食《た》べず、ときおり門《もん》のそばの噴水《ふんすい》で口をしめらすだけです。

ミランダはときどきザグのそばにいき、となりにうずくまり、かなしむザグをそっとなぐさめようとしました。ときには、ミランダの目もかなしげになりました。もう二度《ど》ともどってこないにちがいない、かつてのくらしを思《おも》いだしたからです。だれか男の人が歩《ある》いてくると、ザグは立ちあがり、しっぽをかるくふって、その人のかかとのにおいをかいでは、また横《よこ》になってふかいため息《いき》をつくのでした。

まえのくらしをおぼえている猫《ねこ》はあまりいませんでしたが、ときには、ひとりでどこかへ行《い》ってしまう猫《ねこ》もいました。おそらく、もとの家《いえ》をさがしにいくのでしょう。でも、ほとんどの猫《ねこ》が夜《よる》には帰《かえ》ってきて、歌《うた》をうたいました。その歌《うた》をきいて、ますます多《おお》くの猫《ねこ》が合唱《がっしょう》にくわわりたい、いっしょにすみたいといってきました。感《かん》じのいい猫《ねこ》は、むかえ入れられました。

ザグもまだそんなにふさぎこんでいなかったころは、ときどき夜《よる》の歌《うた》にくわわることがありました。ここぞというときに、ラッパのような声《こえ》で遠《とお》ぼえをして、猫《ねこ》たちの耳を楽《たの》しませました。

でも、ここ何日《なんにち》か、ザグは歌《うた》にくわわっていません。ミランダは心配《しんぱい》になってきました。いまザグは、かたむきはじめた黄金色《こがねいろ》の陽《ひ》ざしのなか、ミランダのとなりに横《よこ》たわっています。ローマの街《まち》じゅうが黄金色《こがねいろ》にそまり、まだすすけているミランダは骨董《こっとう》の金細工《きんざいく》のように光《ひか》っています。ミランダは陽《ひ》ざしに目をほそめ、ザグをじっと見ていました。

「コロッセオは、ザグには合《あ》わないのね」とミランダは思《おも》いました。「こんなにやせてしまって。骨《ほね》がすけて見えるくらいだわ」

ミランダが見ていないとき、ザグをからかう猫《ねこ》もいました。とくにあのちいさいトラ猫《ねこ》は大胆《だいたん》で、まだ幼《おさな》くて思《おも》いやることを知《し》りませんでした。そこで、ミランダはザグをもとの家《いえ》につれてかえることにしました。まだ家《いえ》が残《のこ》っていて、使用人《しようにん》でもだれでもいいから、だれかが帰《かえ》ってきていればいいのですが。

プンカにこのことを伝《つた》えると、プンカもいっしょに行《い》きたがりました。「だめよ」とミランダはいいました。「わたしの留守中《るすちゅう》、ここをとりしきってもらわなきゃ。いまはここがわたしたちのうちなんだから、しっかり守《まも》ってちょうだい」

「ワァ」プンカはものうげにいいました。

「なにかおいしいものがあれば、もってかえるわ。お魚《さかな》とかね」

「ワァ」プンカはすこしだけ元気《げんき》になっていいました。

「さあ、ザグ」とミランダはいいました。「お散歩《さんぽ》にいくわよ。おうちに帰《かえ》るの」

ザグは動《うご》きません。横向《よこむ》きに寝《ね》ころがったまま、ぜいぜい息《いき》をしています。ミランダはザグの鼻《はな》に鼻《はな》をあててみました。ほこりっぽく、かわいていて、熱《ねつ》をもっている……わるいしるしです。ザグはおきあがることができません。「ウォウオ！」ミランダはいいました。「マルクスよ、ザギー。ほら、マルクスだわ！」

ザグはすこしだけ頭《あたま》をあげましたが、またうつぶせになってしまいました。「たすけをよばなければ、ザグは悲《かな》しみのあまり死《し》んでしまう」とミランダは思《おも》いました。「プンカ」と声《こえ》をかけました。「ザグは弱《よわ》っていて、いっしょに行《い》けないから、めんどうをよく見てあげて。すぐもどるから。たすけをよんでくるわ」

ミランダはプンカとザグの顔《かお》をさっとなめて、わが子猫《こねこ》たちをちらりと見やって無事《ぶじ》をたしかめると、さよならをいって出ていきました。一度《ど》だけ、うしろをふりかえりました。こんな大事《だいじ》な用事《ようじ》のためでも、わが子からはなれるのはつらいものです。「じゃあね、ウォウオ」

ザグは赤くなったかなしげな目でミランダの姿《すがた》をおいましたが、体《からだ》はじっとしたままでした。プンカは不満《ふまん》げに「ワァ」といいました。みんなをとりしきるのなんて、いやなのです。もういちど「ワァ!」といいました。

おかあさんといっしょに行《い》きたかったプンカは、子猫《こねこ》たちにたのまれてもとびませんでした。子猫《こねこ》たちはなんどプンカのジャンプを見てもあきずに、いつもうれしそうに「ミューミューミュー」といってわらいます。でも、プンカはたのみにこたえず、おかあさんのりっぱな姿《すがた》が広場《ひろば》のむこうに消《き》えてしまうまで見おくりました。ミランダは大猫《おおねこ》かもしれませんが、それでも広《ひろ》く明《あか》るい広場《ひろば》では、小さく見えました。

きっと世界中《せかいじゅう》で、ミランダよりゆうかんな猫《ねこ》はいないでしょう。それでも、すでに雑草《ざっそう》や野《の》の花の生《は》えはじめた廃墟《はいきょ》やがれきのあいだをぬけながら、ミランダはこわくなりました。あのおそろしい火事《かじ》の日を思《おも》いだして、こなければよかったと思《おも》うくらいでした。あの大広場《おおひろば》はいそいで通《とお》りすぎました。そこにすみついた猫《ねこ》たちが、いやな声《こえ》を出していたからです。もうかつてのわが家《や》はすぐそばのはずです……こわされてしまっていなければ。

ついに、家《いえ》のまえの通《とお》りまできました。多《おお》くの家《いえ》がくずれ、たおれた柱《はしら》をよけなければならなかったので、ミランダはどこを歩《ある》いているのかたしかめようと、足をとめました。そのとたん、ミランダの耳はぴんと立ち、顔《かお》には笑《え》みがひろがりました。ラビニアの口笛《くちぶえ》がきこえたのです。

ラビニアがふいているのは、あのとっておきの、ミランダのためにつくったメロディでした。ミランダはいつでも、どんなにいうことをきかなくても、この口笛《くちぶえ》をきけば、いわれたとおり中に入ったり、外《そと》へ出る気になるのでした。ミランダは大理石《だいりせき》のかたまりのそばにうずくまって、耳をかたむけました。すると、いつものように、あのうったえかけるようなとくべつなメロディに、じっとしていられなくなり、家《いえ》に近《ちか》づいていきました。

戸口《とぐち》に立つラビニアのとなりには、クラウディアとマルクスがいます。美《うつく》しい黄金色《こがねいろ》の家《いえ》は、ほとんど傷《いた》んでいませんでした。どうやら三人はちょうど帰《かえ》ってきたところらしく、果物《くだもの》や荷物《にもつ》の入ったかごがそばにならんでいます。だれもまだ、ミランダの姿《すがた》に気づいていません。

「ウォウオ！」ミランダはものうげにいいました。

「きこえた、きこえたわ！」クラウディアはぴょんぴょんとびはねながら、さけびました。「ミランダ、ミランダ！　どこにいるの？」

ミランダは前足《まえあし》をなめて、身《み》だしなみをととのえました。それから、ゆうゆうとかげから姿《すがた》をあらわし、ごろごろとのどを大きくならしながら、一家《いっか》のまえへ歩《ある》いていきました。

クラウディアはミランダを抱《だ》きあげ、キスをあびせました。「ミランダ、ああ、ミランダ！　どんなにて、しめった小さな鼻《はな》でおかえしをしました。ミランダはまじめな顔《かお》をし会《あ》いたかったか。ずっと心配《しんぱい》していたのよ！」

「そんなきたない猫《ねこ》はミランダじゃないよ」とマルクスがいいました。

クラウディアは怒《おこ》りました。「ミランダにきまっているでしょう。きれいな黄金色《こがねいろ》の、いとしのミランダよ。『ウォウオ』ですぐにわかったわ」

ミランダは目をほそめ、冷《ひ》ややかにマルクスを見ました……まったく、どういうつもりなのかしら。四十ぴきかそこらの子猫《こねこ》をきれいにしてやり、行儀《ぎょうぎ》や歩《ある》きかたや食《た》べかたも教《おし》えてやって、おまけにライオンのお乳《ちち》も手に入れてやらなきゃならなかったのに、ちりひとつないきれいな体《からだ》でいられるとでも思《おも》っているの？　いつか、マルクスもおなじことができるか、やってみればいいわ。それだけじゃない、四ひきの子猫《こねこ》をあたらしく生《う》んだんだもの。またかがやい

てみせるわ。いまに見ていらっしゃい……ミランダはマルクスをにらみつけました。「やっぱりミランダだ。この顔《かお》つきでわかる」

「クラウディアのいうとおりだな」とマルクスはいいました。「ああ、ミランダ。子猫《こねこ》を生《う》んだのね……子猫《こねこ》たちはどこ？」

「それに、子猫《こねこ》が生《う》まれたのね」ラビニアがいいました。「プンカはどこにいるの？　ザグは？　ザグがどこにいるかなんて、知《し》らないわよね？」

「それに、プンカは？」クラウディアがいいました。

「そう、ザグだよ！」マルクスがさけびました。マルクスはミランダがローマの猫《ねこ》ではなく、外国《がいこく》の猫《ねこ》であるかのように、大声《おおごえ》で話《はな》しかけました。「ミランダ、ザグはどこだ？　ザ・グ、ザグだよ。ザギーだ」それから、ラビニアにいいました。「なにしろ、ミランダが見つかったんだから、あのすばらしい忠犬《ちゅうけん》ザグだって見つかるかもしれない。ああ、あの日、別荘《べっそう》に着《つ》いたときに、つないでおけばよかったんだ。ほうっておけば、おれを追《お》いかけようとするって、わかっていたはずなのに」マルクスは悲《かな》しみをかくそうと、両手《りょうて》に顔《かお》をうずめました。

「あなただけじゃないわ」ラビニアはいいました。「みんなわかっていたはずなのよ、つないでおくべきだって。でも、みんなひどくつかれていて、どうしようもなくて……」ラビニアも泣《な》きだしました。

クラウディアはミランダのすすけた毛《け》に顔《かお》をうずめ、すすり泣《な》きました。「プンカは？」とミランダにそっとたずねました。「ザグは？　かわいい、ひとなつこいザグは？　どこにいるか知《し》らない？　ああ、ミランダ、知《し》らないかしら？」

ミランダはまじめな顔《かお》で、クラウディアの目を見つめました。それから、急《きゅう》に身《み》をよじり、クラウディアの腕《うで》をほどいてとびおりると、門《もん》の外《そと》へかけていきました。ちょっとだけ足をとめ、「ついていらっしゃい」といいたげに、かるくうなずいてみせると、通《とお》りを小走《こばし》りしていきました。

「まって」クラウディアはさけびました。「ミランダ、行《い》かないで、もどってきて！」

ミランダは立ちどまってふりかえり、こんどははっきりと、ついてくるように合図《あいず》をしました。そして、ゆっくりすすみながら、ときどきうしろをふりかえっては、みんながついてきていることをたしかめると、「ウィラウィラ」といいました。

「いまの、きこえた？」クラウディアがうれしそうにいいました。「ついてきてほしいのよ。二度目《どめ》に子猫《こねこ》を生《う》んだとき、あんなしぐさで、あんなふうに鳴《な》いたのよ。子猫《こねこ》たちはつぼのなかにいたの。ミランダはずっと『ウィラウィラ』っていいながら、見にくるように合図《あいず》したのよ。ああ、なんてすばらしい猫《ねこ》なのかしら。さあ、行《い》きましょう」

そうして、クラウディアとラビニアとマルクスは、いそいでミランダのあとを追《お》いました。ミランダはいまや、がれきを上手《じょうず》にとびこえながら走《はし》っています。

「なんてひどいこわされかただ」マルクスはうなるようにいいました。そして、「おお、《オー・》なんたる時代《テンポラ》、おお、なんたるふるまい《オー・モーレース》！」と、哲学者《てつがくしゃ》キケロのことばを口にしました（マルクスには教養《きょうよう》があるのです）。コロッセオにたどりつくと、あらたにくずされたところを見て、またうなりました。「なんてことだ、われらのかがやかしいコロッセオがこんなことに」

コロッセオの入り口で、ミランダはぴたりととまりました。ふりかえって、家族《かぞく》がちゃんとついてきているのをたしかめると、もういちど合図《あいず》するように、おもおもしくうなずきました。それから、頭《あたま》を高《たか》くして、しっぽを旗《はた》のようにふりながら、堂々《どうどう》たる足はこびでアーチ形《がた》の門《もん》をくぐりぬけました。

クラウディアとラビニアとマルクスは、ミランダにつづいて入り、ろうかを歩《ある》いていくと、広大《こうだい》な競技場《きょうぎじょう》を背《せ》に、おどろくべき光景《こうけい》を目にしました。ミランダでさえ、おどろきました。こんな光景《こうけい》を見るのははじめてです。

ろうかの先には、なんと子猫《こねこ》のピラミッドができていたのです。すこしぐらぐらするピラミッドのまえには、銀色《ぎんいろ》っぽい大きな猫《ねこ》が立っていました。もちろんプンカです。まちがいありません。だれにもまねできない垂直《すいちょく》とびで、まっすぐ空中《くうちゅう》にジャンプしてまっすぐおり、いつものしゃがれ声《ごえ》で「ワァ！」といったのですから。その声《こえ》を合図《あいず》に、子猫《こねこ》たちはピラミッドをくずし、地面《じめん》におりてきました。

「イオ！」おとなの猫《ねこ》たちはいいました。「イオ、すばらしい！」みんながなんどもくりかえすなか、ミランダはおなじ調子《ちょうし》で「ウォウオ！」といい、プンカにかけよってキスをおくりました。

プンカはのどをならしました。生《う》まれつきいたずらっ子のプンカは、おかあさんの留守《るす》中《ちゅう》に子猫《こねこ》たちが退屈《たいくつ》して悪《わる》さをしないように、このすばらしい芸《げい》を教《おし》えこんだのです。

最初《さいしょ》はおどろくばかりだったクラウディアがいいました。「まあ、プンカじゃないの。あのとびかた！　プンカ、こっちへおいで！」

プンカはいわれたとおりにしました。クラウディアの脚《あし》に体《からだ》をすりよせ、「ワァ！」といって、のどを大きくゴロゴロとならしました。プンカはなにをするにつけても大きくするし、おどろくほど大きな足をしています。なんといっても、おかあさんのミランダとおなじように大猫《おおねこ》ですから。

さて、プンカが猫《ねこ》たちを楽《たの》しませるために見せたこの芸《げい》は、たまたま人間《にんげん》たちも楽《たの》しませましたが、そのおかげで、みんなはしばらくザグのことをわすれていました。

ところが、暗《くら》がりの奥《おく》から、低《ひく》いうなり声《ごえ》がきこえてきて、一家《いっか》はなんだろうと思《おも》って、そちらのほうをむきました。かろうじて見えるのは、大きな、形《かたち》のはっきりしないかたまりです。古《ふる》いモップか毛皮《けがわ》のマントのようです。そのそばに、ミランダがしずかにうずくまっていました。どうしてみんな、気づかないのかしらといわんばかりに。これは古《ふる》いモップでも毛皮《けがわ》のマントでもなくて……

「ザグだ！」とマルクスがさけびました。「ザグ、ザギー！」

大きなかたまりは動《うご》きました。ぶるぶるふるえながら、立ちあがろうとしています。

「ザギー、ザギー！　ザグなのね！」クラウディアとラビニアも、はげますように声《こえ》をかけました。

「むすめ《プェッラ》よ、いとしいむすめ《カーラ・プェッラ》！」

マルクスはよくザグをこうよび、ザグはこうよばれるのが好《す》きでした。

　そのいとしい声《こえ》をきいて、ザグはなんとか立ちあがり、つかれはてて弱《よわ》っているにもかかわらず、ご主人《しゅじん》さまの広《ひろ》げた腕《うで》にとびこんでいきました。大きなもじゃもじゃの前足《まえあし》をマルクスの肩《かた》にかけ、たくさんのキスでマルクスの顔《かお》をぬらし、たくさんのことばをしゃべりました。「ウァアラァラァラァラム！」

「よし、よし、ザギー」マルクスはいいました。「もう大丈夫《だいじょうぶ》、大丈夫《だいじょうぶ》だ」そして、ザギーが心《こころ》ゆくまで、ひげからなにから、顔《かお》じゅうをなめるがままにしていました。ほうっておいたら、それは永遠《えいえん》につづいたかもしれませんが、やがてラビニアがこういいました。

「さあ、もうそろそろ帰《かえ》らないと。わたしたち、しあわせものね。ペットがみんな、三びきとも見つかったんだもの」

「これで、めでたしめでたしね」とクラウディアがうれしそうにいいました。

でも、これでおしまいではありません。ミランダが帰《かえ》ろうとしないのです。ミランダはまたクラウディアに合図《あいず》をし、「ウィラウィラ」といいました。

クラウディアはついていきました。すると、ろうかのわきの小部屋《こべや》、あの切符用《きっぷよう》の部屋《へや》に入りました。ごくごくちいさな子猫《こねこ》たちがかぼそい声《こえ》で、ミューミューといっています。

この子たちは、ピラミッドの芸《げい》をするには小さすぎました。ミランダがかけよると、子猫《こねこ》たちはよろこんで体《からだ》をすりよせました。

「わあ、見て」クラウディアは大よろこびでさけびました。「ミランダがあたらしく生《う》んだ子猫《こねこ》たちよ。なんてかわいいの。ああ、ミランダ、あなたはほんとうにすばらしい猫《ねこ》だわ。あなたは猫《ねこ》の女王よ」

ミランダはこうほめられて、のどをならしました。あごの角《かく》ばった小さな顔《かお》は、クラウディアを見あげています。でも、その目の色《いろ》は、ふかく暗《くら》くかなしげでした。まるで、クラウディアの「あなたは猫《ねこ》の女王よ」ということばが、大きなささやきとなって、広《ひろ》い競《きょう》技場《ぎじょう》にこだまするようでした……猫《ねこ》の女王……猫《ねこ》の女王……

「さて、もう行《い》かなくては」とマルクスがいいました。「子猫《こねこ》たちを抱《だ》きあげて。ほかの猫《ねこ》や子猫《こねこ》がついてこないように、気をつけるんだぞ。うちには六ぴきもいれば充分《じゅうぶん》だからな」

「わかってるわ」クラウディアはわらいました。「わたしは子猫《こねこ》を二ひき抱《だ》いていく」

「わたしはもう二ひき」とラビニアがしあわせそうにいいました。

「これで、めでたしめでたしね」クラウディアはさっきより、もっとうれしそうにくりかえしました。

でも、まだおしまいではありません。

ミランダは堂々《どうどう》と立ちあがり、「ウォウオ」といいました。

すると、ものかげや競技場《きょうぎじょう》のほうから、おおぜいの子猫《こねこ》やコロッセオにすむ猫《ねこ》たちが、しずかにやってきました。みんな、ミランダのうしろにうずくまり、まずミランダを見てから、三人の人間《にんげん》を見て、じっとまちました。あのトラ猫《ねこ》の子は大胆《だいたん》にも、人間《にんげん》たちにむかって歯《は》をむいて「シッ！」というと、足をぴんとのばしたまま横向《よこむ》きにとぶように近《ちか》づき、またもどっていきました。

ミランダはすすみでて、猫《ねこ》たちと一家《いっか》のあいだに立ちました。一家《いっか》のほうをむいたまま、いつも「動《うご》かない」と決《き》めたときにする姿勢《しせい》でしゃがみこみました。むすめのプンカも、ミランダのとなりに、おなじ姿勢《しせい》でしゃがみこみました。いつも、ふたりのしっぽの先がまったくおなじ弧《こ》をえがくようにするのですが、いまもそうしています。

おそろしい思《おも》いがクラウディアの胸《むね》をよぎりました。「なにかいおうとしているみたい。わたしたちといっしょに帰《かえ》らないっていっているんだわ。ミランダ、プンカ。ほら、おいで。もう行《い》かなきゃ」クラウディアはやさしく声《こえ》をかけました。

「ミューミューミュー」救《すく》われた子猫《こねこ》たちは鳴《な》きながら、みんなミランダにあわれっぽい目をむけました。そして、人間《にんげん》たちにむかって「シッ！」といいました。とてもいじわるそうな顔《かお》つきの子もいれば、おどけた顔《かお》つきの子もいます。

ミランダは猫《ねこ》たちを見てから、一家《いっか》を見ました。それ以外《いがい》は体《からだ》を動《うご》かしません。その目は悲《かな》しみをたたえていました。じぶんの選《えら》ぶべき道《みち》、もう選《えら》んでしまった道《みち》がわかっていたからです。プンカはまだとなりにいます。いつもおかあさんとおなじことをしますから。

ミランダはクラウディアの顔《かお》を見あげ、しずかに伝《つた》えました。じぶんはここに残《のこ》らなければならない、救《すく》った子猫《こねこ》たちを見すてるわけにはいかない、家《いえ》にもどるわけにはいかない、いまのじぶんと子猫《こねこ》たちの家《いえ》はこのコロッセオなのだと。

「ミューミューミュー」子猫《こねこ》たちには、そのしずかなことばの意味《いみ》がわかりました。そしてみんな、「ミューミューミュー！」と声《こえ》をかぎりにさけびました。それは、「ミランダばんざい！」という意味《いみ》でした。

おとなの猫《ねこ》たちは「ミランダを、わたしたちの女王にしよう。コロッセオの女王ミランダ」といいました。あのしっぽの折《お》れたあらくれ猫《ねこ》でさえ、どこからかやってきて、ミランダにむかってうやうやしくおじぎをしました(もうご機嫌《きげん》をとろうとしているのです)。そして、横向《よこむ》きに、またどこかのかげへ消《き》えていきました。

「そのうち、こっちにきてくれるわよ。きっとくるわ」クラウディアはいいました。「まちましょう。ミランダって、いつもまたせるのが好《す》きでしょう? いつもたっぷり時間《じかん》をとるのよ」

そこで、一家《いっか》はみんなで——マルクスに会《あ》えてどんどん元気《げんき》になっていくザグもいっしょに——まちました。

10　コロッセオの女王ミランダ

夜《よる》がきました。それでもまだ、クラウディアと両親《りょうしん》はまちつづけていました。一家《いっか》のすばらしい大猫《おおねこ》二ひきをおいて帰《かえ》りたくはなかったのです。もうすこし、もうすこしと思《おも》って、みんな残《のこ》っていました。なにかがおこりそうな予感《よかん》がしました。

競技場《きょうぎじょう》のむこうに、かがやく満月《まんげつ》がのぼると、ミランダは立ちあがり、のびをして、「ウィラウィラ！」といいました。そして、プンカをおつきにしたがえて、広大《こうだい》な競技《きょうぎ》場《じょう》をひとまわりしました。猫《ねこ》たち、子猫《こねこ》たちも、小さいものから順《じゅん》に一列《れつ》になって、ついていきました。

それからミランダは高《たか》い壇《だん》にのぼり、しなやかな身《み》のこなしで皇帝《こうてい》の座《ざ》にとびのって（プンカはとなりの一段低《だんひく》い腰《こし》かけに立ちました）、ひきいてきた猫《ねこ》たちに目をやりました。猫《ねこ》たちは位置《いち》につきました。ソプラノは片《かた》がわに、アルトとメゾはそれぞれの位置《いち》に。子猫《こねこ》たちの合唱団《がっしょうだん》はいちばん前《まえ》でした。子猫《こねこ》たちは練習《れんしゅう》したくて、かすかに「ミュー」と声《こえ》を出しましたが、ミランダが前足《まえあし》を上げると、やめました。競技場《きょうぎじょう》はしずまりかえります。あらくれ猫《ねこ》は遠《とお》いうしろのほうで、高《たか》い柱《はしら》の上に立っていました。月がそのかげをくっきりとてらしだしています。

ミランダは立ちあがり、すこし間《ま》をおいてから、うたいだしました。

独唱《ソロ》です。

ミランダの歌《うた》は、おだやかにはじまりました。心地《ここち》よい庭《にわ》での安《やす》らかな満《み》ちたりたくらし。その庭《にわ》はクラウディア、いとしいむすめのもの。そのむすめはいま、このうしろにいる、と。猫《ねこ》たちは一ぴきたりとも、そちらを見ようとはしません。

とつぜん、ミランダは不吉《ふきつ》な高音《こうおん》をひびかせ、あのローマのおそろしい火事《かじ》と混乱《こんらん》の日のことをうたいだしました。プンカといっしょに三十三びきの迷子猫《まいごねこ》を救《すく》い、このコロッセオにたどりつき、ライオンと取引《とりひき》してお乳《ちち》を手に入れ、ライオンを追《お》いだし、あらたに四ひきの子猫《こねこ》を生《う》んだこと。

歌《うた》は、その子猫《こねこ》たちのことにうつります。ライオンのお乳《ちち》をのむのにまにあわなかったので、はじめの三十三びきほど強《つよ》くはなれないかもしれないが、それでもほんものの王子、王女たちで、この王座《おうざ》をつぐものたちだといいます。この王座《おうざ》には、いままでほこり高《たか》い皇帝《こうてい》たち――このコロッセオを建《た》てたウェスパシアヌス帝《てい》やティトゥス帝《てい》――がすわってきたが、これからはずっと、ミランダとミランダの子孫《しそん》が立つのだと。

「ばんざい、ばんざい、女王ばんざい!」と合唱団《がっしょうだん》がうたいます。

ミランダは一息《ひといき》つくと、ほかの猫《ねこ》たちにも合唱《がっしょう》にくわわったり、みじかいソロをうたったりするようすすめました。あの運命《うんめい》の火事《かじ》の日以来《いらい》、じぶんたちの身《み》におこったことを、ここぞというときに、ちょうどいい高《たか》さでうたうように合図《あいず》をだします。

猫《ねこ》たちは、ドレミのあらゆる音でうたい、ドレミにない音でも(たとえば、ザグにちなんでザの音で)うたいました。

あのバルセロナからきたしっぽの折《お》れたあらくれ猫《ねこ》でさえ、うたう場《ば》をあたえられました。はやくうたいだしたいあまり、まえの歌《うた》い手《て》がうたいおわるまえに、もうたいはじめてしまいました。最初《さいしょ》はこわれた柱《はしら》の上でうたっていましたが、やがてくずれた壁《かべ》の上にとびうつり、だんだん合唱《がっしょう》の猫《ねこ》たちに近《ちか》づいていきました。まるで、背景《はいけい》から登場《とうじょう》した俳優《はいゆう》が舞台《ぶたい》のまんなかに出ていくようです。スペインのバルセロナを発《た》ち(まるで、おそろしい屋根猫《やねねこ》たちに追《お》いだされたのではなく、じぶんで出ていこうと決《き》めたかのようなたいかたです)、あちこちさまよったあげく、この永遠《えいえん》の都《みやこ》ローマにたどりついたいきさつを語《かた》ります。

ミランダは王座《おうざ》に立ったまま、あらくれ猫《ねこ》の歌《うた》に耳をかたむけ、「危険《きけん》がせまってきたわね」と思《おも》って目をほそめました。このバルセロナ出《で》のしっぽの折《お》れた猫《ねこ》は、ミランダから王座《おうざ》をうばおうとたくらんでいるのかもしれません。そのたくらみをスペイン語《ご》でうたい、一部《いちぶ》の猫《ねこ》たちを仲間《なかま》にひきいれ、じぶんを王とするようそそのかしているのかもしれません。

そこで、ミランダは力強《ちからづよ》く前足《まえあし》を上げ、あらくれ猫《ねこ》の歌《うた》が頂点《ちょうてん》に達《たっ》したところで、わっ

て入りました。それは、十六ぴきの犬を追《お》いはらったときとおなじような高音《こうおん》でした。あらくれ猫《ねこ》にも、ミランダのいいたいことがよくわかりました。ふたりの二重唱《にじゅうしょう》はみじかく、ミランダの声《こえ》はかんたんにあらくれ猫《ねこ》の声《こえ》を負《ま》かしてしまいました。あらくれ猫《ねこ》はよろよろと立《た》ち去《さ》りました。気《き》ばったソロでつかれはてたようすで、暗《くら》がりへもどり、オペラがおわるまで、もう出てきませんでした。

つぎのソロで、ミランダは猫《ねこ》

たちに説《と》きました。「ここではなかよく平和《へいわ》にくらし、音楽《おんがく》にはげみましょう。あのやかましくけんかしてばかりの、悪名高《あくめいだか》い大広場《おおひろば》の猫《ねこ》たちのようになってしまってはいけません」それから「あらくれ猫《ねこ》よ、気をつけなさい」とうたいました。「さもないと、バルセロナから追《お》いだされたように、このコロッセオからも追《お》いだされ、またさまよう日々がはじまりますよ」

ほかのおとなの猫《ねこ》たちも、さまざまな歌《うた》をうたいました。激《はげ》しい歌《うた》、かなしく切《せつ》ない歌《うた》、すべてが合《あ》わさって、ついにはすばらしい大合唱《だいがっしょう》となりました。それぞれのたどってきた道《みち》がまじわって、これまでだれもきいたことのないような、ひとつの大きな声《こえ》のうずとなりました。プンカにゆるされた歌《うた》は、「ワァ！」の一音だけでした。大事《だいじ》な間《ま》のところでうたうので、声《こえ》を出すタイミングが早すぎたり遅《おそ》すぎたりしないかと、プンカはひやひやしましたが、とてもうまくいきました。

それからミランダは、三つ目のソロに入りました。あたたかいやさしさにあふれた独唱《どくしょう》です。ミランダは猫《ねこ》たちをけっして見すてず、けっして別《わか》れないと約束《やくそく》しました。わたしはみんなのおかあさん、おかあさん女王、コロッセオの女王猫《じょおうねこ》なのだから、子猫《こねこ》たちはおそれず、ライオンの子のように、わたしのように勇気《ゆうき》をもって、おだやかにくらしなさい、と。

「ミューミューミュー」と子猫《こねこ》たちの合唱団《がっしょうだん》は、かん高《だか》いかわいらしい声《こえ》でうたいました。一ぴきだけ、うたわずに、まぬけな顔《かお》でにやにやしているものがいました(あのトラ猫《ねこ》の子です)。その失礼《しつれい》な態度《たいど》に、みんなはあきれましたが、ミランダはとがめませんでした。

いまやコロッセオをてらす月は高《たか》く、星々《ほしぼし》がうっすらと夜空《よぞら》にうかんでいます。いよいよミランダの最後《さいご》のソロ、このオペラでもっとも悲劇的《ひげきてき》な場面《ばめん》です。ミランダがくだしたばかりの決断《けつだん》の歌《うた》です。クラウディアとのおだやかで満《み》ちたりたくらしをすてて、王者《おうじゃ》らしくりっぱだとはいえ、コロッセオでのきびしいくらしを選《えら》び、猫《ねこ》たちの世話《せわ》をし、ここの安全《あんぜん》を守《まも》っていくのだとうたいます。

ミランダはクラウディアのほうに顔《かお》をむけてうたいました。「さようなら、さようなら、だれよりもいとしい人《カーリッシマ》、いとしいクラウディア、さようなら！」ほかの猫《ねこ》たちは、目のまえで演《えん》じられる悲劇《ひげき》にさそわれるように、音楽《おんがく》と悲《かな》しみで胸《むね》をいっぱいにして、ミランダの別《わか》れの歌《うた》のメロディをひきつぎ、感動的《かんどうてき》な合唱《がっしょう》をきかせました。（これから夜《よる》を重《かさ》ねるうちに、その合唱《がっしょう》にはさらに手がくわえられ、みがきあげられていきます。）

最後《さいご》に、思《おも》いのかぎりを美《うつく》しくひびかせるように、ミランダは「ウォウオ」とささやき、オペラをしめくくりました。

場内《じょうない》は猫《ねこ》たちの歓声《かんせい》につつまれました。「イオ、イオ！」の声《こえ》も、「ブラボー！」の声《こえ》もあがります。「ミランダばんざい！　ミランダ女王ばんざい！　ばんざい《ウィーワ》、ばんざい《ウィーワ》、ミランダ女王《レジーナ》！　ミランダ女王、ばんざい！」

その迫力《はくりょく》に、クラウディアとおとうさん、おかあさんは圧倒《あっとう》され、心《こころ》をうたれました。また、かなしくもありました。この壮大《そうだい》なオペラをきいて、ミランダとプンカは家《いえ》に帰《かえ》らないとわかったからです。クラウディアは両手《りょうて》をさしだしました。「ミランダ、おいで。ねえ、おいで」

でも、ミランダは頭《あたま》をふって、「ウォウオウオウオ！」といいました。プンカは「ワァ」といいました。

クラウディアのほおを涙《なみだ》がつたいました。クラウディアは両手《りょうて》をひろげ、ザグを抱《だ》きしめました。「それでも、ザグはいっしょよね。見つかってよかった」

「みんな見つかってよかったわね」ラビニアはやさしくいいました。「それに、ミランダもずっとあなたのことを愛《あい》しているわ。でも、この子猫《こねこ》たちをみんなひきとって、おかあさんになってあげるって約束《やくそく》したのよ。ミランダがどんなにいいおかあさんか、知《し》っているでしょう。すばらしいおかあさんだわ。約束《やくそく》をやぶるわけにはいかないのよ」

「わかってるわ」クラウディアはかなしそうにいいました。

一家《いっか》は帰《かえ》ることにしました。子猫《こねこ》のころから育《そだ》てた二ひきの猫《ねこ》をようやく見つけたのに、またおいていくのは、とてもつらいことです。マルクスはザギーを抱《だ》きあげました。ずいぶん大きいのですが、もうはなればなれになりたくなかったのです。「ふところに入れてスペインからつれかえったときより、ちょっと重《おも》くなったみたいだな、ザグ？」と声《こえ》をかけました。

もう帰《かえ》ろうとしたとき、競技場《きょうぎじょう》はしずまっていました。とつぜん、ミランダがとぶように追《お》いかけてきました。口になにかちいさなものをくわえています。そのちいさなものは、短《みじか》い後足《うしろあし》をちぢめ、口元《くちもと》にちょっとおかしな笑《え》みをうかべています。ミランダはその子猫《こねこ》をクラウディアの足元《あしもと》におろしました。すると、また背《せ》をむけ、流《なが》れ星《ぼし》のように王国《おうこく》へかけもどっていきました。じぶんの治《おさ》めるコロッセオの猫王国《ねこおうこく》へ。

クラウディアはちいさな子猫《こねこ》を抱《だ》きあげました。この子猫《こねこ》もミランダとおなじ黄金色《こがねいろ》でした。体《からだ》じゅう黄金色《こがねいろ》で、まるでミランダを小さくしたようです。「ミランダのあたらしく生《う》んだ子猫《こねこ》ね」とクラウディアはいいました。「おかあさんにちなんで、ちいさなミランダ、ちいさな《パルワ》ミランダと名づけましょう」

クラウディアはお礼《れい》をいうために、ミランダのところへかけもどりました。切符《きっぷ》の小部《こべ》屋《や》にミランダは横《よこ》たわり、もう三びきの子猫《こねこ》がおなかに身《み》をよせていました。ほかにも、みなしごの子猫《こねこ》たちが、お乳《ちち》をもらおうとしていましたが、プンカが順番《じゅんばん》にならばせていました。プンカはおどろくほどうまく子猫《こねこ》たちをとりしきっていました。そういう才能《さいのう》にめぐまれているようです。

ミランダはほこらしげにクラウディアを見あげました。その目は暗《くら》い水をふかくたたえたようで、なにもかも見とおしていました。クラウディアはかがみこみ、ミランダの頭《あたま》にキスしました。「かわいいミランダ、ゆうかんなミランダ。ああ、ミランダ、あなたはほんとうにりっぱね。ほんとうは、わたしといっしょに帰《かえ》りたいんでしょう？　でも、そうはいかないのよね。ここの子猫《こねこ》たちみんなのおかあさんでいなくてはならないし、女王でもある。あなたのくれたこの子は、大事《だいじ》に育《そだ》てるわね。やぎのミルクをひとしずくずつ、桑《くわ》の葉《は》をつかってのませてあげるわ。あなたがちいさいときにしてあげたようにね。おぼえてる？」

クラウディアのほおを涙《なみだ》がつたい、ミランダの上におちました。「また会《あ》いにもどってくるわね。お魚《さかな》かなにか、あなたの好物《こうぶつ》をもってくるわ、みんなが食《た》べられるくらいたくさん。そうよ、きっともどってくる……またもどって、こんにちは《アウェー》っていいにくるわね」

「でもいまは」とラビニアがいいました。「さようなら《ワレー》をいわなくてはね」

「さようなら《ワレー》、ミランダ」とクラウディアはいいました。そして、とてもうれしいことを思《おも》いつきました。「もしかしたら、いつか、この子猫《こねこ》たちがみんな、もっと大きくなったら、うちへこんにちは《アウェー》をいいにきてくれないかしら。しばらくゆっくりしていってもいいんじゃないかしら。ね、ミランダ？」

クラウディアには、ミランダがにっこりとうなずいたように見えました。まるで、「そうね、そうしてもいいわ」といっているかのように。

クラウディアと両親《りょうしん》は、帰《かえ》りはじめました。おとうさんはザグを腕《うで》いっぱいにかかえています。クラウディアは子猫《こねこ》の前足《まえあし》を、ミランダにむかってふってみせました。「わたしたちといっしょにこようと思《おも》えばこられるのはわかっているんだわ、ミランダもプンカも。いっしょにきたいけど、こられないのよ」ここに残《のこ》ることがミランダとプンカのほんとうの望《のぞ》みなのだと、クラウディアはくりかえし、じぶんにいいきかせました。

家路《いえじ》につくまえ、一家《いっか》はふりかえり、もういちどだけ、りっぱなコロッセオを見あげました。

そこに堂々《どうどう》と立つコロッセオは、おそらく永遠《えいえん》におなじように立っていることでしょう。月明《つきあ》かりで、建物《たてもの》のくずれたところどころに、猫《ねこ》のかげが見えました。

かすかな南風《みなみかぜ》にのって、くぐもった音楽《おんがく》がきこえてきました。よせてはかえす波《なみ》のようなクレッシェンドや低《ひく》いうなりは、大勢《おおぜい》の猫《ねこ》の声《こえ》のようです。それは、ほんとうにきこえているのでしょうか。それとも、思《おも》いだしているのでしょうか。どちらでもかまいませんでした。一度《ど》きいたその音楽《おんがく》は、けっして忘《わす》れないでしょう。

「さようなら、ミランダ」一家《いっか》はいいました。「ワレー」

ミランダはそれから、うちへもどってくることがあったでしょうか。クラウディアが願《ねが》ったように。ええ、もどってきましたとも。クラウディアが思《おも》いつき、まちのぞんでいたとおりのことをしましたよ。

あれから何週間《なんしゅうかん》もたってから、ある朝《あさ》、ミランダは庭《にわ》の門《もん》にあらわれました。となりには、プンカがいました。

ミランダは最近《さいきん》、あのしっぽの折《お》れたあらくれ猫《ねこ》の行儀《ぎょうぎ》がよくなったので、総理大臣《そうりだいじん》に任命《にんめい》し、かがやくもの《スプレンドリオ》とよんでいます。きょうのように、ミランダがお休みをとる日には、総理大臣《そうりだいじん》にコロッセオをまかせています。もう悔《く》いあらためたあらくれ猫《ねこ》のことを信用《しんよう》していいと見ているのです。

ミランダとプンカは心《こころ》ゆくまでかわいがられ、クラウディアにおいしいものを食《た》べさせてもらい、庭《にわ》でお昼寝《ひるね》をしました。

「やっぱり、めでたしめでたしだったわね、おかあさん」夕方《ゆうがた》のたそがれどき、二ひき

の金銀《きんぎん》の大猫《おおねこ》とちいさな黄金色《こがねいろ》の子猫《こねこ》が、桑《くわ》の木の下でごろごろしているのを見ながら、クラウディアはいいました。
「そうね、そのとおりだわ」とラビニアはいいました。
ミランダには、そのことばがきこえていました。ミランダは目をほそめ、女王のようにもったいぶった態度《たいど》でクラウディアとラビニアを見やり、立ちあがってのびをすると、「ウォウオ」といって、いきなり庭《にわ》の門《もん》からとびだしていきました。「ミランダの歌《うた》」と題《だい》された壮大《そうだい》な猫《ねこ》オペラのソロの出番《でばん》にまにあうように、コロッセオへむかったのです。これまで、一度《ど》だって舞台《ぶたい》に穴《あな》をあけたことはありません。

「ワァ！」とプンカはいって、庭《にわ》の壁《かべ》をとびこえ、ミランダを追《お》いかけました。プンカも舞台《ぶたい》を休んだことは一度《ど》もありません。

「開幕《かいまく》の時間《じかん》ね」といって、クラウディアはうれしそうにわらいました。「ミランダ女王のオペラ、開幕《かいまく》の時間《じかん》だわ。イオ！」

エピローグ

いつかあなたが、アッピア街道《かいどう》かどこかの道《みち》からローマをたずね、コロッセオをおとずれることがあったら――それも夜《よる》に、できれば馬車《ばしゃ》で石畳《いしだたみ》の道《みち》をぱっかぱっかと走《はし》ってたずねることがあったなら――コロッセオから歌《うた》がきこえてくるかもしれません。

その歌《うた》は、そこにいる猫《ねこ》たちの王国《おうこく》のなりたちを伝《つた》えるものです。あの壮大《そうだい》なオペラが、夜《よ》ごとさまざまにつけたされたり、ねりなおされたりしながら、テーマはそのままに、奇跡《きせき》のようにすばらしい女王、コロッセオの女王ミランダをたたえているのです。

もう何世《なんせ》代《だい》にもわたって伝《つた》えられてきた歌《うた》ですから、

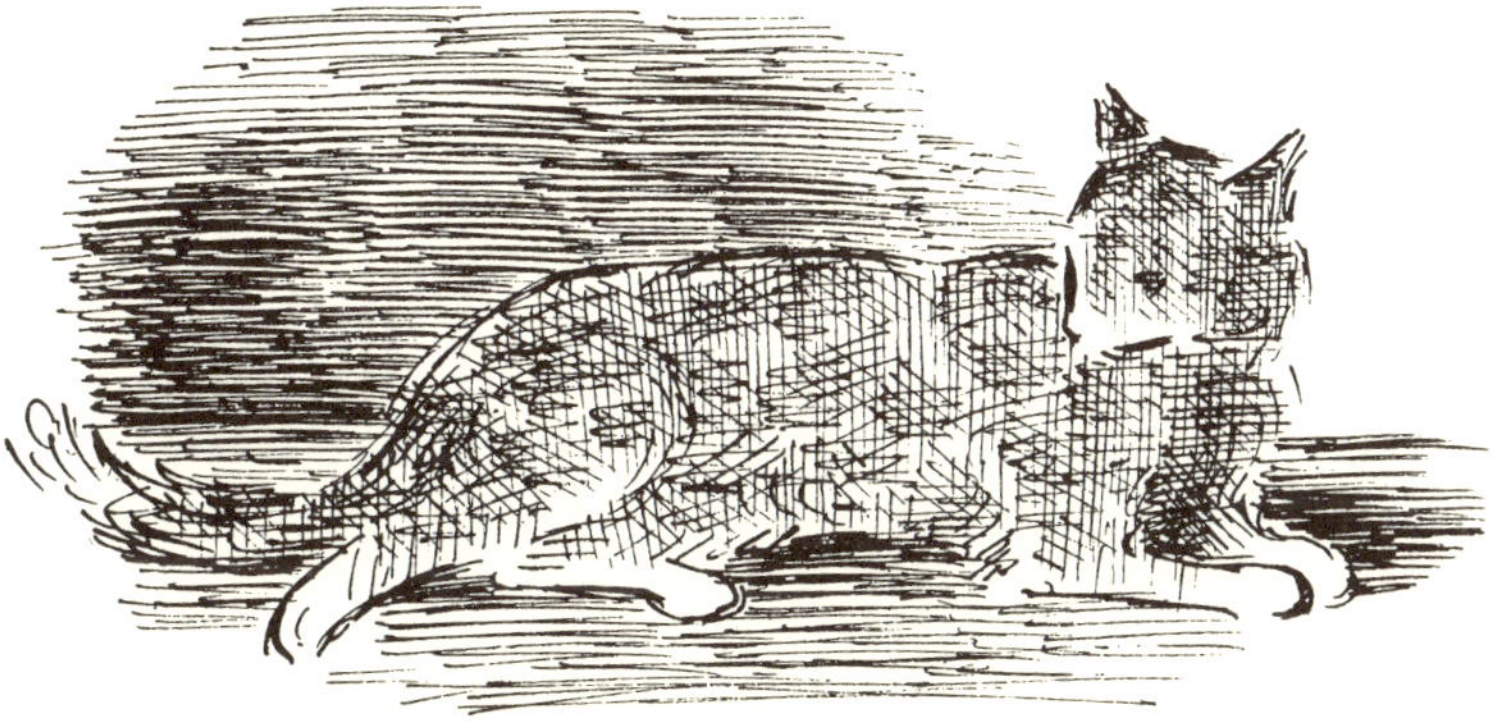

あなたもコロッセオで、きっとその歌《うた》を耳にすることでしょう。できることなら、ここぞというところで、「イオ、イオ！　ブラボー！」といってごらんなさい。

訳者《やくしゃ》あとがき

エレナー・エスティスといえば、日本では『百まいのドレス』(旧題《きゅうだい》『百まいのきもの』)の著者《ちょしゃ》として有名《ゆうめい》です。クラスメートの女の子に対《たい》する心《こころ》ないからかいのことを細《こま》やかに描《えが》いた作品《さくひん》は胸《むね》を打《う》ち、ルイス・スロボドキンによる色鮮《いろあざ》やかな挿絵《さしえ》が印象《いんしょう》に残《のこ》ります。

この『百まいのドレス』のほか、エスティスの代表作《だいひょうさく》にはニューベリー賞受賞作《しょうじゅしょうさく》の『ジンジャー・パイ』と、『元気《げんき》なモファットきょうだい』『ジェーンはまんなかさん』『すえっ子のルーファス』『モファット博物館《はくぶつかん》』の四冊《さつ》からなる「モファットきょうだい物語《ものがたり》」シリーズがあります。

「モファットきょうだい物語《ものがたり》」は『百まいのドレス』ほど日本では知《し》られていませんが、英米《えいべい》では長《なが》く読《よ》み継《つ》がれており、貧《まず》しくても日々に楽《たの》しみを見出《みいだ》す子どもたちのようすが生き生きと描《えが》かれた名作《めいさく》です。一冊目《さつめ》の『元気《げんき》なモファットきょうだい』だけでも十分《じゅうぶん》に楽《たの》しめますから、まずは読《よ》んでみられることをおすすめします。もちろん、二冊目以降《さつめいこう》も一冊目《さつめ》に負《ま》けないおもしろさです。

さて、今回《こんかい》ご紹介《しょうかい》する『ゆうかんな猫《ねこ》ミランダ』は、エスティスの隠《かく》れた名作《めいさく》といえるでしょう。子どもの日常《にちじょう》の世界《せかい》を丹念《たんねん》に描《えが》くのが得意《とくい》なエスティスですが、この作品《さくひん》は古代《こだい》ローマを舞台《ぶたい》にした、どきどきはらはらの冒険物語《ぼうけんものがたり》です。こうしたドラマチックな物語《ものがたり》を語《かた》ることにかけても、エスティスはやはり優《すぐ》れています。ストーリーテリングの才能《さいのう》にあふれたエスティスの新《あら》たな一面《めん》をお楽《たの》しみいただければさいわいです。

物語《ものがたり》の主人公《しゅじんこう》は、たくましい母親猫《ははおやねこ》ミランダ。ミランダはお気に入りの娘猫《むすめねこ》プンカとともに、蛮族《ばんぞく》に襲《おそ》われて火の燃《も》えさかるローマの街《まち》をくぐりぬけ、何十匹《ぴき》ものみなしごの子猫《こねこ》を助《たす》けて、コロッセオに猫《ねこ》の王国《おうこく》をつくります。

そのためには、ライオンと取引《とりひき》したり、十六匹《ぴき》もの犬を追《お》いはらったりしなければなりません。私《わたし》がとくに惹《ひ》きつけられたのは、ライオンとの取引《とりひき》の場面《ばめん》です。心《こころ》のなかではライオンを怖《こわ》がっているのに、ミランダはそんなそぶりをちっとも見せず、うまく話《はなし》をはこんで、ライオンからお乳《ちち》を分《わ》けてもらうことに成功《せいこう》するのです。ミランダの途方《とほう》もない強《つよ》さと機転《きてん》が、この物語《ものがたり》のいちばんの魅力《みりょく》でしょう。また、甘《あま》えん坊《ぼう》のプンカがおねえさんらしく成長《せいちょう》していくようすも、読《よ》んでいてほほえましいところです。

この本のもうひとつの魅力《みりょく》は、エドワード・アーディゾーニによる見事《みごと》な挿絵《さしえ》です。英米《えいべい》で著名《ちょめい》なイラストレーター・絵本作家《えほんさっか》であるアーディゾーニは、日本でも『チムとゆうかんなせんちょうさん』をはじめとするチムシリーズの絵本《えほん》や『ムギと王さま』(ファージョン作品集《さくひんしゅう》)の挿絵《さしえ》で親《した》しまれています。

私《わたし》も、繊細《せんさい》で遊《あそ》び心《ごころ》あふれるアーディゾーニの線描《せんびょう》に魅了《みりょう》された一人です。実《じつ》は、この本の原書《げんしょ》を見つけたのも、アーディゾーニが絵《え》を描《か》いている本を探《さが》したことがきっかけでした。アーディゾーニは当代一流《とうだいいちりゅう》の挿絵画家《さしえがか》でしたから、当代一流《とうだいいちりゅう》の作家《さっか》の本を多《おお》く手がけています。そんな作家《さっか》の一人がファージョンであり、エスティスだったわけです。

ちなみに、同《おな》じエスティスの作品《さくひん》では、『ジンジャー・パイ』の続編《ぞくへん》『ピンキー・パイ』にも、アーディゾーニが挿絵《さしえ》をつけています。『ジンジャー・パイ』はパイ家《け》の飼《か》い犬《いぬ》ジンジャー、『ピンキー・パイ』はパイ家《け》の見つけた子猫《こねこ》のピンキーにまつわる話《はなし》です。アーディゾーニは自作《じさく》の絵本《えほん》でも犬や猫《ねこ》をよく描《か》いており、かなりの犬・猫好《ねこず》きだったようです。

『ゆうかんな猫《ねこ》ミランダ』に登場《とうじょう》する猫《ねこ》たち、犬たちの絵《え》からは、その毛並《けな》みや息《いき》づかいまで伝《つた》わってくるようです。ファージョンがアーディゾーニに感謝《かんしゃ》の詩《し》をささげたように、エスティスもその絵《え》を喜《よろこ》んだにちがいありません。

アーディゾーニのファンになったことがきっかけでミランダに出会《であ》った私《わたし》は、ミランダのファンにもなりました。ゆうかんなミランダを日本の読者《どくしゃ》に紹介《しょうかい》したいという思《おも》いを、こうして実現《じつげん》することができ、大変嬉《たいへんうれ》しく思《おも》います。

なお、ご存《ぞん》じのとおり、ローマのコロッセオはいまも遺跡《いせき》として立派《りっぱ》に残《のこ》っています。数十年前《まえ》までは、たくさんの野良猫《のらねこ》が住《す》みついて、観光客《かんこうきゃく》を驚《おどろ》かせていたようです。この本の書《か》かれた一九六七年にも、猫王国《ねこおうこく》が健在《けんざい》だったことでしょう。ところがいま、ローマの野良猫《のらねこ》の多《おお》くは、トッレ・アルジェンティーナ広場《ひろば》という遺跡《いせき》に集《あつ》められ、ボランティアの人たちが世話《せわ》をしているそうです。そこには、もしかしたら、ミランダの子孫《しそん》たちがいて、オペラを歌《うた》い継《つ》いでいるかもしれませんね。

二〇一五年一〇月

津《つ》森《もり》優《ゆう》子《こ》

作　エレナー・エスティス(1906-88)
アメリカのコネティカット州生まれ．1932-40年，ニューヨーク公共図書館の児童部で図書館員として働く．『百まいのドレス』，「モファットきょうだい物語」シリーズ(以上，岩波書店)がよく知られている．自ら挿絵も手がけた『ジンジャー・パイ』でニューベリー賞を受賞．

絵　エドワード・アーディゾーニ(1900-79)
ベトナム生まれ．父はイタリア系フランス人，母はイギリス人．5歳よりイギリスで暮らす．代表作『チムとゆうかんなせんちょうさん』(福音館書店)をはじめ，ファージョン作『ムギと王さま』(岩波書店)の挿絵など，数多くの絵本や挿絵作品を遺した．『チムひとりぼっち』でケイト・グリーナウェイ賞を受賞．

訳　津森優子
アメリカのニューヨーク生まれ．慶應義塾大学文学部卒業．訳書に『あかいえのぐ』(アーディゾーニ作，瑞雲舎)，『つなのうえのミレット』「フェアリーズ～妖精たちの冒険」シリーズ(以上，文溪堂)などがある．

ゆうかんな猫ミランダ
エレナー・エスティス作　エドワード・アーディゾーニ 絵

2015年12月15日　第1刷発行
2016年7月5日　第2刷発行

訳　者　津森優子《つもりゆうこ》

発行者　岡本　厚

発行所　株式会社 岩波書店
〒101-8002 東京都千代田区一ツ橋 2-5-5
電話案内 03-5210-4000
http://www.iwanami.co.jp/

印刷・三陽社　カバー・半七印刷　製本・松岳社

ISBN 978-4-00-115670-6　Printed in Japan
NDC 933　126 p.　22 cm